古道诗路

主编 李治本　　副主编 周建新

山西出版传媒集团
北岳文艺出版社
BEIYUE LITERATURE & ART PUBLISHING HOUSE
·太原·

图书在版编目（CIP）数据

古道诗路 / 李治本主编；周建新副主编 . — 太原：北岳文艺出版社，2022.7

ISBN 978-7-5378-6617-0

Ⅰ.①古… Ⅱ.①李…②周… Ⅲ.①诗集—中国②散文集—中国 Ⅳ.① I211

中国版本图书馆 CIP 数据核字（2022）第 154362 号

古道诗路

李治本 / 主编　　周建新 / 副主编

//

出品人 郭文礼	出版发行：山西出版传媒集团·北岳文艺出版社 地址：山西省太原市并州南路 57 号 邮编：030012
选题策划 韩玉峰	电话：0351-5628696（发行部）　　0351-5628688（总编室） 传真：0351-5628680
责任编辑 韩玉峰	印刷装订：山西润金容印业有限公司
书籍设计 百悦兰堂	开本：787mm×1092mm　　1/16 字数：212 千字　　印张：13.75 版次：2022 年 7 月 第 1 版
印装监制 郭　勇	印次：2023 年 1 月 山西 第 1 次印刷 书号：ISBN 978-7-5378-6617-0 定价：68.00 元

本书版权为本社独家所有，未经本社同意不得转载、摘编或复制

古道诗路两千年

江文旅

山水浙江，文化渊源。在这块隽永的土地上，唐诗宋词，魏汉遗风，雄关漫道，诗路花雨，无不绽放文化瑰丽和惊艳。

浙江因徐霞客更加名扬天下，而徐霞客爱国、科学、实践精神让浙江的山水文化更多了一份内涵。徐霞客行遍祖国的山水，对浙江山水寄予特别的情怀，仙霞古道便是他特别的依恋之处。徐霞客在浙江七座城市的二十五个点位被认定为第五批徐霞客游线标志地，其中江山段就有五个点位：清湖码头、江郎山、廿八都、浮盖山北麓江山片区、仙霞古道等，在徐霞客浙江游线中占了比较重要的部分。

在江山，仙霞古道和徐霞客游线是交叉重叠的。无论是仙霞古道还是徐霞客游线，都是这些先辈留给这块土地的重要物质和文化遗产，是先人勤劳奉献和智慧的结晶。

江山是诗画浙江的美丽轴，仙霞古道，一梦千年，闻名遐迩。江山留胜迹，芳名遍地扬。

仙霞古道又称江浦驿道、浙闽官道，它始于汉唐，盛于明清，起于江山清湖，止于浦城观前，纵横百里，贯通了钱塘江、闽江两大水系，是我国海上丝绸之路的重要陆上要径，既是通江达海的商旅之道，又是极具影响的文化之路。

古道悠悠，纵横浙闽，迤逦的仙霞古道上，不仅有凡夫俗子的足迹，也有达官显人的履痕，更有文人墨客的萍踪，而明代地理家、旅行家、文学家徐霞客留在仙霞古道上的足迹是足可耀眼的履痕。

伫立清湖码头，听钱塘涛声依旧；凝望观前码头，碧水苍茫溢南洋，无论是仙霞古道的主轴线，还是仙霞古道向左向右的影响区，都深蕴着历史的沧桑和新时代迸发出的生命和活力。

文学是文化之母，一本好书便是一段历史的传承，一个故事则是灿烂文化的凝聚，万象之书，阅读之美，可以从好书中寻到检索。为弘扬、挖掘并保护古道文化和徐霞客精神，中国第一个生态作家协会——江山市生态作家协会联合江山市徐霞客研究会多次组织了仙霞古道和徐霞客游线的采风，这群文化使者，探幽访古，寻踪问道，在皈依历史本宗中精心创作文学佳作，并优中选精，萃取精华，遴选精品与历代文人名家遗篇合集，《古道诗路》正是这样一本集仙霞古道和徐霞客游线融合的文学作品集。

《古道诗路》融散文、小说、诗词歌赋等文学佳作于一身，用文学的语言和手法对仙霞道上的清湖、江郎山、清漾、峡口、三卿口、保安、廿八都、浦城、观前等诸节点进行记述和讴歌，使人文荟萃的仙霞古道和徐霞客游线呈现文学的魅力和精彩，让古道文化得到了又一次的锤炼和升华。

心中有天地，脚下有沟渠，行于山川，照见本心。读万卷书，行万里路，一眼千年，一步万里，行无止境，学无止境，心无旁骛，自有鸿篇。

青山留丰碑，处处是风华。人不负青山，青山定不负人。用文化传史树人是文学工作者的历史担当和使命。不忘初心，方得始终，踔厉奋发，笃行不息。

大风起兮，风起云涌，时代潮流，应运而来，讴歌新时代，文学嘉年华风清气正，愿《古道诗路》风物常在，风雅长存。

散文纪实

千年走一道 / 李治本	003
仙霞古道与江山人精神气质形成 / 何蔚萍	012
仙霞雄风长召人——黄巢雕像前抒怀 / 肖 梁	015
"江山街"上的江山人 / 毛巧仙	018
观前观后 / 李治本	025
霞客道上的每一处风景都是传奇 / 江 勇	029
仙霞山村拾零 / 周汉泱	037
在仙霞古道上 寻找徐霞客足迹 / 钱 华	041
林则徐四记仙霞古道 / 王石良	045
仙霞道上,向左向右 / 毛谦义	053
江山亦要文人捧 / 杨 建	060
步霞客足迹游浮盖山 / 杨 建	062
廿八都赋 / 王庆华	064
古道随想 / 李春江	066

廿八都——枫溪河畔的江南古塞／刘艳萍	069
清溪溅玉皆诗声／叶翠青	073
来一锅廿八都豆腐／王文英	076
走千年古道寻霞客足迹／祝维安	078
慕仙桥／朱黎华	082
蔡襄仙霞古道留踪／王石良	084
一座"因路而兴"的"边城"／方　志	088
仙霞深处扬绿波／祝龙光	091
石鼓千年香榧树／周辉芬	095
里山寺／郑欣丰	100
关山道长／毛谦义	103
圆梦浦城／祝　蔚	106
凤仙桥往事／周光星	109
漫步三卿口／余和妹	113
浮盖奇韵／危　岳	121
浦城印象／祝新源	125

诗歌词赋

楹联四副 / 戴明桂	131
诗词二首 / 戴明桂	132
七绝·清湖古码头 / 姜法建	132
五古·清溪锁钥（外一首） / 刘　毅	133
龙井坑之歌 / 姜寒松	133
从龙井过仙霞古道 / 姜寒松	135
齐天乐·清湖古津（外一首） / 徐江都	135
满江红·赋峡口镇广渡古村 / 王厚让	136
清湖三题 / 周群琪	136
秋上仙霞关五咏 / 周辉芬	138
风信子·仙霞古道（外一首） / 毛谦义	140
触摸仙霞古道 / 罗　芬	142
灵魂动情触摸 / 王淑贞	144
七绝·广渡四章 / 毛卓兴	145
印象保安 / 毛武德	146
仙霞行 / 徐春燕	147
仙霞古道挑夫（外一首） / 毛巧仙	148
七言绝句·清溪怀古（外九首） / 叶翠青	150
古道魂 / 毛香菊	153
忆秦娥·仙霞道 / 余和妹	154

七古·浮盖山放歌（外一首）/ 王庆华	155
七绝·诗吟保安四首 / 徐　太	156
游浮盖山 / 周淑清	157
慕仙桥 / 郑欣丰	159
古道情几许 / 罗　锋	160

小说故事

徐霞客与黄精乌鸡煲的故事（民间故事）/ 艰　辛	165
刘家福起义 / 周建新	171
青山几重 / 杨小玲	181
"满朝祝"的典故 / 毛建周	188
大黄蛇发威 / 毛建周	191
皇帝的字条 / 郑孝飞	193
十八肩 / 童海根	195

历代文选

《徐霞客游记》选	199
郁达夫仙霞纪险 / 郁达夫	203
历代诗选	207

仙霞古道,绵延了千年,是历史的见证,也是历史的延续,更是未来的憧憬。

散文纪实

月影婆娑,笼罩着青石光亮的弯弯古道;凛冽夜风,裸露深埋千年的沧桑。古道陌殇,寂寥风烟,走过千年,一路缠绵悱恻,不乏风花雪月。

千年走一道

李治本

千年古道,锦绣江山。这是江山人用来推介自己家乡的情怀美语。一条古道,何以让江山人如此铭心和自豪?

这条古道,穿越仙霞山脉,俗称"仙霞古道"。始于汉、唐,兴于宋,盛于明,鼎盛于清。绵亘几百里,形势雄伟,无与伦比。

月影婆娑,笼罩着青石光亮的弯弯古道;凛冽夜风,裸露深埋千年的沧桑。古道陌殇,寂寥风烟,走过千年,一路缠绵悱恻,不乏风花雪月。

我已不止一次踏上这条旷古绝唱的古道。时光的印痕,让我一次次回望,一次次思索,一次次难忘!仙霞古道,究竟是条什么样的古道?——萦绕心头!

一

每条古道,都有自己的起源和发展,都有自己的历史和律动,都有自己的形象和个性。

仙霞古道,绵延了千年,是历史的见证,也是历史的延续,更是未来的憧憬。

伫立清湖码头古老的青石板上,任劲风吹拂。我不知道,风从哪个方向吹来,只知道那奔涌的须江水,由南向北滚滚而来。无尽的水,最终汇入钱塘江。毋庸置疑,这里曾是浙江进入福建的最后一个可通行大帆船的码头,是钱塘江航线最南端的始点,也是来自京杭大运河船舶的东南端的终点。

知道仙霞古道的人,定然知晓清湖。它是仙霞古道重要的物资转运站和始发站,也是古道的起点。从这里走向福建浦城的观前,又从福建浦城的观前回到这里,千余年轮回,岂止朝朝暮暮,实乃繁荣昌盛一时之地。

据清代李霨《发江山》诗云:"遥市辏商舶,有里曰清湖。"当时,清湖有造船厂十四家,船篷厂五家,船一千多条,货运竹筏不计其数。大大小小的船只、竹筏,浩浩荡荡,似千军万马,蓄势待发。

船只是运输工具,码头是货物装卸点。沿江周家巷码头、盐埠头、浮桥南埠头、半爿月亮码头等众多埠头,星罗棋布,孕育了绍兴商帮、徽州商帮、江西商帮、福建商帮,他们经营着丝绸、布匹、药材、瓷器、茶叶,还有粮油、柏脂、禽蛋、生猪等。每个码头,装卸的物资不同,装载量也不一样,仅江西商帮经营的绸布,月吞吐量就在三千匹以上,兴盛了数百年。

轻步江边,闻听当地百姓聊着码头的故事,连日的暴雨,将清澈的江水冲刷得浑浊起来。坐在岸边,心无杂念,凝望着每块石阶,每道砖墙,每栋老屋,每个巷尾,两旁的店铺,空空的老街,一切显得寂静无华。

时代更迭,社会变迁,昔日欣欣向荣的清湖码头,是思古水陆交通的好地方。此情此景,我难以想象,当年这个地方,曾是百船千帆、万商云集、客流南北、人声鼎沸之地。

我一直在想,清湖码头有一天会得以开发。恢复码头,流通商贸,让沉寂久远的古街喧闹起来,让消失殆尽的船只重回清湖,重拾昔日的繁荣,带动江山文化旅游发展,让一个文化积淀深厚的古镇大放异彩。这是对清湖古镇向往的夙愿。

清湖古镇,千年沧桑,一切都是淡远的,一切都是喧嚣后的寂静,不光是强大的,是温柔的,也必然是蕃昌的。

重观古镇,心中多了些许感慨。古镇商旅的悲欢,历史风雨的序幕,无不魂牵于心。无数北往南来的人,甚至用尽一生的气力与梦想,行走在苍茫天地间的古道上。

岁月洗不净历史的铅华。我宁愿这古镇皈依,或是涅槃!把自己想象成千年古道上的一份子,用丈量的脚步,填满时代的沟壑。

二

从清湖码头起步,我们沿着仙霞山脉弯弯曲曲、盘旋而上的古道,越过峰巅,跨过石桥,穿过丛岭,涔涔的汗水滴落于无声的石阶,留下点点印迹。

仙霞古道,又称江浦驿道,浙闽官道。是京(城)福(州)驿道极其关键的一段,史称"八闽咽喉""东南锁钥",是兵家必争之地,又是海上丝绸之路重要的陆上运输线。

古道隘处,仅容一马。岭愈陡峻,登临奇旷,蹊径回曲,步步皆险。如此艰险的数百里古道,货物全靠强壮汉子肩挑。挑夫每人一般肩挑七十五公斤,凌晨从清湖出发,到终点站浦城县城,约走四天,歇三个夜。他们头戴竹笠,脚穿草鞋,打着绑腿,披星戴月,风雨兼程,使用的硬木扁担、担拄和箩筐,都是经官方注册过的。

一年年,一代代,十万挑夫用扁担和草鞋、青春和汗水,挑出了这条繁盛的物资运输线,连接海上丝绸之路,将古道北端的出口物资以及灿烂的吴越文化,输向遥远的孟加拉湾、阿拉伯海,乃至地中海彼岸。

古道寄托着一代代挑夫、行旅人的悲欢喜乐,落寞哎愁,凝结着人类从远古走来的足印。

我们登临仙霞关,由关北上岭,关南下山。

仙霞关,因山成堑,因势设关。虽历尽无数战事,至今仍存有关门四重,分别称一关、二关、三关和四关,均以毛石和大形条石砌筑,关门成拱形,门顶井栏通天,关关相通,关关相护,又关关相险。当年黄巢举兵扼守,一夫当关,万夫莫开。1942年,日军大城户兵团猛攻仙霞关,企图进入福建,国军凭着天然屏障,持续十天的激战,击溃日军。

头关是四关之最。关门最高,关垣最长,关墙最厚,垒砌最坚固,保存最完好。登上关口，风微凉，人微静，草木欣欣然。举首眺望，口沸目赤，这红尘的战场，千军万马谁能称雄？纷飞战火，硝烟弥漫，谁是谁的殇？镌镂在这雄关漫道。

头关至二关，斗折蛇行，层层叠叠。"之"字形路面，两米宽的台阶多达一千一百九十五级，保存最完整，最宽阔。拾级而升，岭更险，道更陡，凌虚蹈空，越上越难，对寻觅探幽者既是考验又是挑战。

岭上立有黄巢石像和沙孟海题刻《菊花诗》石碑。道旁有棵千年槠树，相传为黄巢拴马树。近在咫尺的两棵巨型柳杉，其中一棵，仅余空心躯干，空心中竟长出粗大毛竹，誉为"胸有成竹"。

出二关，有山泉。泉水淙淙，终年不涸。恁彼泉水，曾有落日余晖里遥远的擂鼓声，映现层层石阶的沧桑容颜，沉积着一段段往事。大家就着山泉清洗消暑，酌水知源，不忘衔接，心同止水。

与二关相比，三关山略显平缓、开阔，好似岭上盆地，为历代屯兵之处。岭中关帝庙，雕梁画栋，气势非凡，当年闽浙官吏来往，都是寄宿关帝庙内。观音阁，香火袅袅，清静无边，是登临古道的人歇息之地。"人能常清静，天地悉皆归。"

三关在山岭之巅。重峦叠翠，旁临绝涧，峰插拿云去，吹过千余年。多年前，我携带帐篷露宿关口，由梦而起，因道而作，写下《梦回古道》，轻吟浅唱，深情入梦：

> 夜夜梦回
> 深情呼唤仙霞古道
> 幽径花草
> 镌刻着历史的忧伤
> 静静地忍受寒风冷雨
> 看岁月一页页流淌
> 啊，古道！
> 千年的风霜，千年的脚步
> 从容的声音里写满亘古不变的沧桑
> 铺满尘埃的石阶

屹立天地间
诉说衷肠

夜夜梦回
无限眷恋仙霞古道
秦关汉月
诉说着生命的辉煌
默默地感受旌旗变幻
任胸怀一阵阵激荡
啊,古道!
千年的风霜,千年的脚步
漫漫的古道演绎生生不息的希望
凝聚江南的古风
笑傲山林间
令人神往

苍茫古道,夜夜笙歌;古道幽情,莫道黯然魂。曲是心声歌是情,以情托景,寓景于情,情景妙合。

出四关,磴道几乎垂直而下。下岭有跨路"福京亭",寓意福州与京城,俗称十八肩亭。旧时挑担,歇一次为一肩。此处喻上岭艰难,从岭下至此,一般须歇十八次。而我们轻装上阵,未能体验负重致远之感,但不难想象挑夫的艰辛。

古道,留下了挑夫生活的一段历史,也铺陈了千年文化。

三

沉寂的古道,不改万千容颜;消逝的挑夫,已难觅旧时的踪迹。

踏着层层石阶,一步一个脚印,见证着时光的印迹,诉说着生命的传奇。古道在脚下,在充满力量的脚下无限延伸,往昔铿锵的脚步声,仿佛在耳畔回荡，在山脉中飘远。

　　古道似乎是通灵性的。出发的前一天，天气预报今日中到大雨，局部地区暴雨。如此恶劣天气，山高路滑，曲折险峻，确让人担心，难怪一位文友徘徊不定。而当我们踏上古道时，雨止转晴，凉风习习。好天气，好心情。

　　坐在慕仙桥的石凳上，心静如水，安之若素。俯下身子，只见桥下清澈的溪流，不断地流淌，归向广渡溪。千百年来，广渡溪与保安山水相依，休戚与共。这条古道正是从广渡悄然到此，通往仙霞关，走向福建浦城的江山街。山水是一种情感，古道是一种方向，一种历史的记忆，一种文化的衍脉。

　　慕仙桥横跨在河道上，是古道上一座高大、保存完好的石拱桥，也是古道上一道唯美的风景，相信到过保安的人，大多会去桥上走走。桥上蔓藤缠绕，桥下水溪潺潺。据当地一位文物专家说，桥墩石块上刻有文字，记载"放生潭"的典故。因石块结着墨绿的青苔，苍翠的枝条缠裹着桥身，未能仔细察看。

　　十多年前，我曾与旅友徒步古道时到过慕仙桥，小憩半日，清晰记得桥的左边耸立着一棵马尾松，被地方政府列为名木古树。这棵马尾松，蓬径宽，胸径大，地径广，盘根错节，蓊蔚洇润，郁郁葱葱。其形倒屣迎宾，其身坚韧不拔，其景无可比拟，与慕仙桥完美融合，宛若一幅笔触细腻、色彩明快的油画，镶嵌在青山绿水间，将人们带入一个远离喧嚣、静谧温馨的世外福地，宁静高远。

　　落日穿过云层射向古道，悄然地从树枝间透射而下，瞬间散发着缕缕霞光，魅力耀眼。大家铺开睡袋，情不自禁地躺在树下，扩展的枝叶，遮天盖地，树当房，地当床，横七竖八进入梦乡。当一个人把心灵的梦想寄托给精神家园时，就会不断地填满生命的空白，遨游于天地间。

　　远古的石拱桥，光怪的青石板，将乡间的惬意荡漾在灵动的溪水中，倒映着行走的身影。他们从古道而来，弯曲着脊背，步步行走，生生不息，承载着生活的重量，走向远方和归家的路。负重前行、如影相随的画面，具有生活的元素，更有生命力的张扬，正是一个时代的缩影。

　　而今，历经岁月洗礼的石拱桥，依然横跨溪水两岸。却不想，当年那棵挺拔俊秀、树龄达二百一十五岁的马尾松,因松材线虫的入侵,已不复存在,触目伤怀,痛心入骨。

古道苍茫,青石叹息。马尾松百年的泪,幻化出晶莹的露珠,湿润了整片天,满盈着这条道。保安,这个古道上的故乡,就是集秘境与情结于一身的人文宝地,却留下深深遗憾。慕仙桥昔日的风貌,唯美的风景,只能定格记忆中。

古道绵绵,思情悠悠。当地林业部门,在马尾松的原址上种了棵樟树,希望这一生态景观,能最大限度地还原,展现最本真的自然。通过这一行动,让观者渐渐形成一种意识,慢慢地去影响自身的行为与思想,保护绿色生态资源。

循着古道前行,一路修竹,山林翠滴,田舍成行,古迹留芳。宋时,仙霞古道驿站棋布,驿道繁盛,行人不绝;清代,仙霞古道沿线驿铺,平均每六千米设一铺,繁华兴盛。

事过境迁,物是人非,古道旁、竹林间、小溪岸,零星的夯土木屋,残破的拱桥石板,寥寥可数的行人,此一时,彼一时。而今,古道囊括的不是往日的风光,而是慢慢消失的现实。然而,古道繁华的时候,谁又会想到今日的落尽?落尽之后,或许更能窥探古道的人文和历史价值。

在古道上寻觅,在温情的故乡倾诉衷肠,我终于明白,人生需要在行走中反观,在反观中思考,在思考中突破。

四

我始终以为,真正意义上的仙霞古道,就是一条熔古铸今、人文荟萃、钟灵毓秀的陆上丝绸之路。我们从地理角度认识古道,觉得微不足道;但以人文历史的情怀去审视古道,定然博大精深。古道作为一种文化,具有强大的生命力、辐射力和影响力。

仙霞古道亦是一条古诗词之路。历代文人骚客如张九龄、白居易、王安石、欧阳修、苏轼、陆游、辛弃疾,留下诗词三百余首;明代著名旅行家和地理学家徐霞客,自1620年至1630年这十年内三次游历仙霞古道,并记下二千六百余字有关仙霞古道及沿途风物、风情游记。

我们来到廿八都镇坚强村的里山寺。寺庙依山而建，群山环抱，万籁俱寂。建筑墙体多为泥墙、土瓦屋面，梁柱、檩条全是优质的杉木、杂木、牛腿、阁楼雕刻精细，天井实条铺砌，四周回廊通正殿。当地村民说，每当初一十五，浙闽赣三省边界的善男信女云集寺庙，乞求神佛，普照佛光，行善积德。

寺庙不远处，有块保存完好的石碑。碑文精美，苍劲有力，虽年深日久，风雨剥蚀，仍字迹清晰。让人不得其解的是，碑的正面为清代所立，碑的背面是宋代之刻，一块石碑刻于不同朝代，时隔甚远，千载难逢。因缺乏史料，我们无法探究碑刻缘由，但可以追溯到里山寺，始建于唐朝，距今已一千二百七十余年。

明崇祯三年（1630），徐霞客第三次重走仙霞古道时，途经今之坚强村，游历浮盖山，投宿里山寺。游记有载："又五里，大石磊落，棋置星罗，松竹与石争隙，已入胜地，竹深石转，中峙一庵，即白花岩也。僧指其后山绝顶，峦石甚奇。庵之右冈环转而左，为里山庵。"

徐霞客不仅留下珍贵历史资料，而且还留下一条稀有的徐霞客游线。

由里山寺下山，我们踏着徐霞客游线而行。久违的古道，阴暗潮湿，荆棘丛生，令人心寒胆落，好在前方有人引路。古道曲折连绵，纵横向南，游龙于浮盖山。起伏高耸的山峦，托起古道的余脉，连通浙闽赣。

行走古道，步履维艰，是人的耐力与毅力的考验。在陡峭山路行走，脚上磨出了血泡，刺痛难忍。从早上开始，天飘忽不定，一会儿阴，一会儿雨，一会晴，闷热难当，增加徒步古道的难度。由此看来，徐霞客慕名三游于兹，不仅是探秘，不仅是勇气，更是情怀。

"古道西风瘦马。夕阳西下，断肠人在天涯。"古道是无声的，孤独的，我们无法与古道交流，但无声的古道是有生命的，有生命的古道一定是有精神的，也是有情感的。

天气的变化，可谓天然画笔，不仅能描绘万物的形状，还赋予古道以神秘。其实，我更愿意守候在古道上，等待风清月皎的夜晚，听着蟋蟀的叫声，穿越千年的梦想。

古道的夜晚，是以星空为背景的岁月，留给天地的一颗颗星星，带来远古的呼唤，编就一首首古道谣。茫茫云海间，荒芜的青石古阶，层层寄明月，高高天际悬。稀疏的灌木，月光中落下斑驳的影子，点缀了路，也渲染了夜。

月下一曲为谁谱，青石叹息为谁怜？青石刻满时间的印痕，该是怎样的故事，只有月知晓。

漫步古道，寻常巷陌，感受时光不再的历史沧桑，浸淫着特有的文化气息。历史的潮流，时代的风帆，一路向前，物亦变，人亦变，古道的精神未变。我们寻觅古道，不是感受古道的苍凉，而是追忆古道过往的繁华与精彩，寻觅激励我们奋勇前进的强大精神力量。

五

古道，有着丰厚的民族文化积淀，是每一个行人的心灵故乡。它不仅是一条山路，是一段历史，更是一种哲理，一份人生，永远维系着故土，牵扯着故乡，难以割舍。

有人说，只有通往回家的路，让人记忆最深刻！古道，就是历史的记忆，是回家的路，也是未来的路。

仙霞古道，走过世纪，走过千年。古道沧桑，沧桑古道，古还是那样古，道还是那条道，却已在绿色自然的体态中默默守候。敢问古道，灿烂之后还会辉煌吗？

仙霞古道，作为海上丝绸之路陆上运输中极为重要的枢纽，可为研究中国古代交通运输、国际贸易、经济发展、兵家争战、文化交流提供独特的实证。古道蕴含着历史，折射着文化，丰富着精神，根植浙闽大地，深植人们心中。

仙霞古道与江山人精神气质形成

何蔚萍

　　1978年10月,高考恢复第二年,我考入了浙江师范学院中文系。新学期第一次班会,来自天南海北的同学聚在一起,相互介绍自己,这是一种全新的体验。一个同学走到我身边,让我介绍一下江山有什么特产?那时候我还不太懂如何介绍家乡,再者对家乡也不太了解。我不太确定地说,我们的特产可能是水泥吧!男同学一本正经地摇了摇头说,你们的特产不是水泥。然后他略微提高了声音,一字一顿地说,你们的特产是特务!

　　1976年,粉碎"四人帮","文革"结束。我们从小说和电影里了解到,对于特务的描写,对于英雄的描述,真是泾渭分明。像受到猝不及防的猛烈撞击,感觉全身的血都涌到脸上,脸上只感觉到猛烈的胀痛。当时恨不得找个地缝钻进去。我在心里说,我的家乡什么人不好出,怎么就出了那么多的特务呢?很长一段时间,我都沉浸在一个低谷里。最怕别人再提起这个话题,问我家乡有什么特色。

　　1997年5月,我成为江山市分管文教卫方面工作的副市长,同时还分管工青妇民政等等。上任伊始,通常要去拜访一下省厅的领导。果然,我刚介绍自己是江山的副市长,领导立刻就给了我个下马威,"你倒给我说说看,江山为什么会出那么多特务?"就那一会儿,我突然就感觉好像回到了大学刚入学时那尴尬的时刻。我认真地坐端正身体,深深地吸了一口气:"你不是第一个问我这个问题的人,我还真认真思考过了,江山为什么会出这么多的特务,那要从历史的原因、地理的原因、人文的原因进行分析。"

所谓特务准确一点讲是国民政府军事委员会统计调查局,简称军统局或军统。

先从历史和地理的原因来分析。我们通常讲,浙江是鱼米之乡,富庶之地,其实指的是杭州、嘉兴、湖州(吴兴)、宁波、绍兴这一带,并不包括义乌、金华及丽水、衢州这一带地区。杭嘉湖交通便利,物产丰富,生活富足,他们出路也比较多,可以读书、做官、经商。而从金华,义乌,衢州,这一带,地处山区,人多地少,出路比较少,生活就相对艰难。

唐末黄巢起义,"刊山七百趋建州",开辟了仙霞古道。原先江山通往福建的险峻小路,从此成了交通要道。清华大学建筑学院陈志华教授的学生罗德胤博士,把清湖码头、峡口古镇、廿八都古镇及整个仙霞古道放在海上丝绸之路这样一个宏阔的时空背景中去研究探讨,他认为,从清湖码头到福建南浦码头,这一百二十多公里是海上丝绸之路上唯一的一段陆上交通线,中华文化就是沿着这条交通线,从泉州出发,走向欧洲、非洲,走向世界。这条丝绸之路从西安出发经京杭大运河到杭州。

京杭大运河于公元610年开通。京杭大运河的"京"千年以来一直在变,有时候是洛阳,有时候是汴州,有时候是北京。皇帝在哪里,哪里就是京。但杭州是不变的。所有的货物从大运河运到杭州。在杭州转钱塘江,钱塘江出发的船到我们江山清湖码头是最后一个码头,这个船就叫江山船。到了清湖码头,所有的货物卸下来,用扁担挑,走一百二十多公里,到福建南浦码头入闽江到泉州出海。一千多年以来,江山就是海上丝绸之路上重要的节点城市。

这条海上丝绸之路给我们江山带来了什么?千年以来,带来了人流、物流、信息流。多少文人墨客从此经过,留下了四百多首唐诗宋词。这条仙霞古道,其实是一条古道诗路,从清湖码头开始,留下了一系列古镇、清湖古镇、石门古镇、凤林古镇、峡口古镇、廿八都古镇。为什么小小的廿八都古镇,有一百多个姓氏,十多种方言,它的建筑风格之多样,是集浙式、闽式、赣式、徽式,甚至欧式,多种建筑风格于一体,成为天然民俗博览馆,也是一块文化飞地。是因为它就在仙霞古道,海上丝绸之路的必经之路，才成为兵家必争之地，才成为万商云集，文化荟萃之地；大陈村为什么会因为村歌火爆？其中一个原因，大陈村其实就是清湖码头通往古徽州的徽商之道。

因为仙霞古道，才有了江山船帮，才有了十万挑夫。江山为什么会出六十五个国民党将军，要从历史的原因、地理的原因、人文的原因来分析解释才说得清。1949年国民党撤退，除六十五个国民党将军外，记录在册的有四千多江山人前往台湾。在这大量的军界人士中，有一部分知识分子在国家危难之际本着救国救民之心投奔国民党政府，还有很大一部分是在铁路公路兴起、钱塘水路衰落之后，千年古道上的十万挑夫为谋生路而转型。因为挑夫这个职业本就属于半军事化管理，需要不怕死、肯吃苦、忠诚、敢于负责任的年轻人，而这些秉性恰恰又和从事特务工作的要求相吻合。

江山出了很多的特工，也出了很多的院士，如冶金院士徐元森，医学院士毛江森、郑树森，院士胡仁宇、院士姜必宁、毛河光。还涌现出一代青年科学家。美国当地时间2022年2月15日，斯隆研究奖公布了最新获奖名单，一百一十八位学者当选，二十七位华人入围，其中两位是江山年轻人，一位是在化学研究有重大突破的刘翀，他出生于1986年；一位是在计算机方面获得杰出成就的顾全全，他出生于1985年。还有获评2017年"科学中国人年度人物"的何颂专注于天文物理学研究，他出生于1985年。他们的科学成就都已令人瞩目。

一方水土养一方人。千年的仙霞古道，塑造了江山今天的风光形胜，风土民情。塑造了与众不同的江山人性格。忠诚勇敢不怕死，胸怀远大有担当，敢创天下业，敢为天下先。

回首细看，会发现历史地理就是一本密码本。当你掌握其中的密钥，就会发现所有的故事都有清晰的底稿。

仙霞雄风长召人——黄巢雕像前抒怀

肖 梁

阔别1112年,冲天大将军黄巢又迎着飒飒金风到了仙霞关。

消息迅即传遍浙闽赣三省边界地区,仙霞关行人陡然增多。我也约了几位好友,结伴前往拜谒黄巢雕像。

汽车从江山市区出发,一口气跑了四十多公里路,停在仙霞岭下。顺着一条磨得发亮的石级古道,我们缓缓踏进了约莫三四米高的仙霞关门。

进了关门,便是郁达夫在《仙霞纪险》中描绘的情景:"五步一转弯,三步一上岭","转一个弯,变一番景色,上一条岭,辟一个天地",这清冽的泉水从岭巅叮咚而下,那悦耳的竹涛声从山谷中跌宕而起……

不知转了几个弯,变了几番景,仙霞绿荫透出白色围墙,行人从围墙门道进进出出。友人手指门顶"冲天苑"三字相告:"到了,黄巢就住在里面。"

我赶忙步入"冲天苑",只见黄巢将军身披战袍,手按利剑,挺胸昂首,依壁而立,其威风英姿丝毫不减当年。

"黄将军……"我怀着十分崇敬的心情走上前去,轻轻地呼唤。黄将军尊容不动,金口不开。但细一端详,我发现他的眼神里仿佛流露着不知是对往昔的恋念,还是对今朝的慨叹?

历史的镜头在我眼前重现。公元878年。仙霞关上,战马嘶叫,黄巢率十万大军挥斧舞刀,从这里劈山开道七百余里,进军福建……

黄巢此去千载不复返，却留下了一条"操七闽之关键，巩两浙之樊篱"的关道，也留下了永不磨灭的"黄巢足迹"。

看吧：尽管宋、元、明、清诸王朝在关道上铺石路、派驻军忙经略，浙、闽、赣三省交界的矿工、窑工、靛农、饥民还是一次次地在此揭竿而起；与义和团反帝斗争遥相呼应的刘家福义军还是在此高唱凯歌；翼王石达开、侍王李世贤率领的太平军也先后占据仙霞天险，灵活转战……

呵，"东南锁钥"！黄将军，您看到了吗？这块由1929年任江山县县长的陈鼎新题字的石碑，像一个历史的见证人，至今挺立在离你不远的关道旁，和时间老人一样，可以告诉你：你开辟的仙霞关道是一条英雄路，不仅布满农民起义军的脚印，更流淌着革命者、抗日将士的鲜血！

黄将军，你认识他们吗？

这位是方志敏，是他把江西苏区游击根据地扩展到仙霞；

这位是陈毅，"武夷品新茶，仙霞曾游击"是他在《过太行山书怀》中的诗句；

这两位是粟裕和刘英，是他们率领红军挺进师，在此直接建立革命根据地……

黄将军，瞧过这一组镜头，认识了这些英雄豪杰，你一定还想听听痛击日寇的"仙霞关之战"吧！

那是1942年夏秋之际，洗劫了江山城的日本侵略军先头部队，试图避开仙霞关向福建挺进。不料，当地向导却故意将侵略军带到仙霞岭下，侵略军被中国军队第四十九军一〇五师设三道防线阻击。

8月7日一大早，日军在六架飞机、多门大炮的掩护下向仙霞关前进。我军伤亡惨重，有位叫王营长的怒不可遏，只见他一声吼叫，跃出战壕，手持轻机枪朝敌人狠狠扫射，一大片敌人应声倒下，他自己也倒在血泊中……

战斗持续到晚上，日军冲破了我军的两道防线，大摇大摆地闯进仙霞关，突然关上枪声大作，手榴弹雨点般落下，打得日军晕头转向，骑着高头大马的指挥官当即人仰马翻……

仙霞关一战，日军拉走了一千多具尸体，并一直从江山退至金华、兰溪一带，而我方也有五百多位抗日将士捐躯仙霞关！

黄将军，听完我的故事，请你再仔细辨一辨咱们的仙霞关。这三百六十级台阶，有哪一级不是用英雄的躯体铺成的？

咦，黄将军，你怎么了？你怎么流泪，不说话呀？！

"咔嚓！"友人举起相机将我与黄将军一同摄入镜头。这时，我才意识到天空中早已淅淅沥沥地飘起雨来，头顶上的雨珠正顺着脸颊往下流。

"走吧！"友人催着，我依依不舍地转过身来，见一石碑立于左侧，碑上的字是沙孟海老先生写的，诗却是黄巢早年的《不第后赋菊》："待到秋来九月八，我花开后百花杀……"

哦，黄将军在仙霞关安家落户了。"他一定想多结识一些新时期的'仙霞英雄'吧！"我想。

（原载1990年10月24日《浙江日报》，略有改动）

"江山街"上的江山人

毛巧仙

在浙闽仙霞古道上,江山人挑浦城担的终点浦城县城,至今还遗留着一个江山人聚居的大本营,一条长达六百多米的江山街。当年,他们因逃荒、避难、投亲、包田种、当挑夫、做生意……各种各样异地讨生活来到这里,人聚而街商集而市,久而久之就成了"江山街"。定居在此的几乎全是江山人,我心安处是故乡,早把他乡作故乡!

冬季的一天,已是晚上九点多,因次日清晨要回江山,我们一行数人趁夜色踏访浦城江山街。走出街口时,偶遇江山街上的江山籍老人柴开养。老人非常热情,一定要拉我们到家里坐坐。老人有传奇的经历,是个很有故事的人。谈起当年落脚的江山街,他有一肚子的辛酸往事……

避抓壮丁成养子

柴开养,小名老虎儿,现住浦城江山街。他原是江山峡口镇广度村人,生父姓毛,家有二哥三姐,生父为避抓壮丁(家中男丁多就要多派遣壮丁),他三岁时被过继给峡口镇柴村人柴云乐做养子。他被过继后生母日夜思念亲骨肉,不久就因病忧郁而死。

他七岁时读过一年私塾,学费是一年一担谷。因家贫,八岁起辍学,每日早起拾粪，然后放牛、砍柴及帮家里做一些力所能及的农活。

当时，养父家里有个比他大十六岁的姐姐，名叫阿妮，阿妮丈夫为避抓壮丁逃去了浦城，在浦城新龙池浴塘做挑水工。阿妮五个多月的儿子因病夭折后，准备到浦城去当奶娘，并与丈夫团聚，又怕回了奶，就要求已八岁的柴开养给她吸奶，柴开养害羞不吸，家人把他往死里打，强逼之下只好屈从吮奶，此事给他一生留下了伤痛的记忆。

鬼子进村成孤儿

1942年5至9月，日本侵略军进入江山，烧杀抢掠，强奸妇女，无恶不作，村村户户被烧抢掠夺无数。柴开养家的房子也被烧得只剩几根屋柱，面对如此景况，一家人悲痛欲绝，眼泪哭干。要修间屋以避风寒，但养父母身无分文，想到还有一直养在身边的半头牛，也许能换几个钱。何为半头牛？原来，柴开养天天放牧的牛，是和村里另一家村民合伙买来合用的。日本人"扫荡"后，合伙的那家人已被迫离乡背井到外面讨生活去了。养父就捎信给那家人说，想把牛卖了。对方回话说，牛你一家人在用了，你想卖哪有不同意的。养父就叫来牛贩子，上午来看牛，下午就牵走了。柴开养说，那牛真有灵性，牵走时人与牛都掉了泪，不是走投无路我们谁也舍不得它走的。

没想到牛牵走后的数日养父身体就不适了，原因是多方面的：一则是，逃难时辛酸困苦积劳成疾；二则是，房子财物被烧掠一空，气极伤心；三则是，家中唯一值钱的牛也没了，农田劳作全靠人力了。忧虑愁闷加辛苦劳作，哪有不生病的，拖着病体还要去田地里忙活，半年后养父就去世了。同样的悲伤压在养母的身上，再加上养父过世的悲痛及更重农活的累加，半年后养母也去世了。养父于当年六月去世，养母于次年正月去世，半年之内痛失两位亲人。柴开养成为了孤儿。

养母去世时，家里已买不起棺材，只好把屋柱锯下来做了棺材，那时阿妮和丈夫从浦城赶回一起料理后事。事后阿妮对堂婶说大话（吹牛），老虎儿欠我的债恐怕这辈子都还不清了，意即葬母的钱都是她付的。堂婶怜惜柴开养年幼，怕其吃亏，了解了丧事账务情况。柴开养听后心里匡算了一下，对堂婶说，棺材是屋柱做的，粮食是自己和养母生前种下的，阿妮姐这次付的都是女儿应负的本分，并没有多付呀。堂婶又把此话传给了阿妮。没想到阿妮及其丈夫暴跳如雷，说老虎儿忒老格（意为资格老），再也不管他的死活。两人速速回了浦城，留下飘零少年一孤儿。

穷人孩子早当家

天无绝人之路。十三岁的柴开养擦干眼泪，自力更生，当家作主，把家里的田分两亩给村人种，收点谷租，余下的田全部自己种，勤勤恳恳，早出晚归。

一次，柴开养和村里另二人到保安路口烧草木灰种田，因风大把山烧起来了，约烧了五六爿山，那是要担责坐牢的。另两人已满十八岁，只有柴开养才十三岁尚未成年。后来县城派人来调查此事，为保全一同烧灰的另外两人，柴开养就揽下了全部责任。来人看他家里一贫如洗，又是年幼的孤儿，后来事情就不了了之。

离谷黄收割还有一个多月，柴开养就断粮了。他挖了几次野菜糊口充饥，想想这也不是长久之计。只好跑到峡口保安西洋村姨家求借一斗米，度过这青黄不接之困。第一次去，姨说，唉，你姨父忙，没时间去碾米呢，你过几天来看看吧！第二次，空腹，又早早地翻过仙霞岭，走了十多里路去了。姨又说，唉，你姨父忙，都还没时间碾米呢，要不，你宽些天再来看看吧！第三次，又早早地去了。姨又说，唉，你姨父忙呢，你到别处先匀点吧。唉，人穷狗都嫌！三次饿着肚子来回跑，竟一粒米也没借到。柴开养说，人穷但志不能短呢。他调头直奔保安赵宅门姑姑家借粮。姑说，老虎儿，姑姑家里也没粮呢。他一听，又没戏了，这时他真想哭了。还好，姑又说，老虎儿，苞萝子（玉米）要吗，如要的话，我给你到隔壁赵家借一斗来。他鸡啄米似的连说好呀、好呀。就这样，由姑姑担保借了一斗苞萝子，他渡过了灾荒。

稻谷收割时，阿妮从浦城回到柴村收谷。家里的田她名下也有一份，虽没种田但田里种的谷也有她的份。她看柴开养没饿死，也没讨饭，还把家打理得尚好，种的谷也丰收了。她收了谷回浦城，顺口叫柴开养年底到浦城过年。

飞天大雪进浦城

那是1952年腊月廿九，飞天大雪，积雪深至膝盖。柴开养肩挑五六十斤的行李，头戴一顶凉笠，身穿一件破棉布衫，包了一斤米粽子做干粮，高高兴兴走雪路，进浦城到阿妮姐家去过年。

走到廿八都，剥个冷粽充饥。剥开发现里面都是半生不熟的米，一连剥了几个都如此！只好饿肚挑着行李深一脚浅一脚继续赶路。柴开养说，雪大，一路上无行人，雪地上只留下他一个人孤零零的两行脚印。咬着牙一路走到九牧背，此时已是晚上八点多，又累又饿，实在迈不开步了，找了小店歇脚。小店住一夜房费一毛五分钱，付了房费后身无分文。肚子饿得闹唱戏，只好厚着脸皮向店主讨饭吃。店主是个好人，看他可怜就让他白吃了一顿晚饭。

次日晨起，一双脚肿痛得不会走路，但又不能再住店家，心里那个酸苦呀！真是上天垂怜，这时又遇到一个好人，有个媒人要到渔梁给人做媒，可怜他，同意顺路带他一起走。就寻了个长竹管牵着他走，媒人在前他在后，天上大雪纷飞，他们在雪地上边探路边走，停停走走一直走到渔梁。媒人说，小兄弟，我是到了，剩下的路你要一个人自己走了，你小心走好啊。

有时人的潜能是无法想象的。两天下来就吃了一顿晚饭，挑着行李走了二十几个小时的雪路，千难万苦都不想诉说，在除夕之夜总算走到了浦城县城。问路时刚好遇到一个江山娘（意为江山籍中老年妇女），一看是老乡就特别热情，她带路七弯八拐总算帮他找到了阿妮姐家。

过了三天新年，初三晚上姐夫说是让他到新龙池浴塘当后生（意为做服务生）。这样，从初四早上开始柴开养就到浴塘吃住了。从此，他就再也没有在阿妮姐家吃过饭，他就在浦城落脚住了下来，这一住就是半个多世纪。家里的田地拿给互助组种，这是后话。

当时,新龙池浴塘有员工八人,早上八点开门,晚上九点关门。他负责泡茶、收钱、洗茶杯、倒尿壶、打扫卫生、洗晒浴巾等杂活。后来学会了搓背、简单推拿、修脚、起脚钉,慢慢地他的手艺、服务最受顾客欢迎,大家来了都要找他。浴塘的顾客三教九流,慢慢地他的人脉广了,熟悉的人也多了,县委里每个部门都有认识的人。他说:"现在想来,有三次机会可以改变我的人生,但我人老实没去把握。"第一次,县委的一个领导让他去当通信员,他觉得自己斗大的字没认得几个,怕胜任不了误了人家的工作,拒绝了。第二次,兵役局(即现在的武装部)的局长叫他去给其当通信员,他以同样的理由拒绝了。第三次,粮食局局长让他去帮其到乡下征粮收谷,他又以同样的理由拒绝了。他们都是柴开养的顾客,在浴塘里混熟的。

"文革"丢工作

1958年,大炼钢铁,用煤量大增。他在浴塘待腻了,想换个工作。他就找民政科(局)科长,介绍他去渔梁尾山方煤矿做挖煤工。觉得自己用脑的事吃不消,但力气有的是。报到时一看矿长也是认识的,矿长原是民政科的人,现下派当矿长。干了没多久,因他能力强,技术好,就当了班长,一直干到1961年该煤矿下马。后来又进入浦城松香厂当工人,开发氧化锌矿。做了几年,"文革"开始,文攻武斗。工人分两派,两派之间斗争激烈,败的一方被踢出了松香厂,他就是那时丢了饭碗的。失去工作后,为了生存前后做过很多事情。

第一份工作,是在包工地做,后因"文革"等因素工地下马了,没法工作了。

第二份工作,在浦城帮人养鸭,和雇主一起吃住在水兑(以前碾米的地方),每月工资八元。

第三份工作,在储木场砍木头,每天工资两元。他说,口径六十多厘米、长二点五米的大木头二人抬,没有一定的力气是做不了的。没家没室的,晚上只好睡在新龙池浴塘竹躺椅上。当时浴塘规定干满三年可入股,他也入了二十元的股金,他也算有股份,浴塘同意他晚上睡躺椅。

第四份工作,与峡口磨车淤的一个朋友合伙做生意,贩卖土麻、棉花等。那时这叫投机倒把,是犯法的。他们很隐蔽,但前后还是被抓了五次,最后一次连板车及货物全部被没收,本钱没了,又穷得饭都吃不上了。

第五份工作,人总要设法活下去。他又东拼西借凑了点本钱,开始倒卖全国粮票。到杭州以零点一五元一两价格买回全国粮票,然后在浦城以零点二五元一两卖出,一两赚零点一元差价。有一次,他身上最多带了一万零三百斤粮票,一起做生意的王姓朋友身上带了一万一千斤,二人共计二万一千三百斤全国粮票。这次,王姓朋友及其老婆起了贪心,想把柴开养的粮票也独吞了。结果,露了马脚,反而被稽查队查了,聪明反被聪明误,害了自己还连累了柴开养,所有粮票都没收了,柴开养又跌落人生的深渊。

第六份工作,通过熟人介绍,到江西地质队浦城分队做临时合同工。一次,天寒地冻,领导派几个临时合同工挑稻草包水管,他们心里不高兴磨洋工。回来开饭时间已过多时,到食堂买饭食堂已下班不卖,合同工就和食堂人员打了起来。因这次磨洋工和打架之事,领导觉得临时工难管理,就把地质队里十八个临时合同工全部辞退了。城门失火,殃及池鱼,柴开养受牵连又丢了工作。

……

直到1970年,三十二岁的柴开养被介绍到浦城电站工作,他非常珍惜这份来之不易的工作,一直做到1998年退休。现在,柴开养每月有三千多元退休金,儿女孝顺生活顺心。

传奇姻缘家和美

柴开养的人生经历曲折传奇,他的婚姻又给他添了一笔传奇。1968年,有朋友给他介绍对象,名叫荷花,十八岁,江山凤林镇达坝淤人。介绍人说,邀请她来浦城玩时见个面。那次很不巧,她到九牧遇上了特大风雪,进不来,这事就搁下了。后来柴开养前后谈了三个对象,都是女方主动追他的,可三个都没谈成。也许冥冥之中，早与荷花缘有前定。

他在电站工作一段时间后，电站职工食堂饭菜质量差，还亏损严重，职工意见很大，要求更换负责人。经民主选举一致通过的人选是柴开养，大家认为他人好，能力强，做事公平。他接管后不到一年就扭亏为盈，每月还增加两次改善职工生活，职工都很满意。

为了降低食堂开支，节约成本，又保证职工能吃到新鲜、质量好的菜品，柴开养经常到江山购买便宜的蔬菜、鱼、泥鳅、猪油、茶油等食物，有时一月往返江浦之间数次。

一次，他到江山采买食物，在峡口磨车淤的朋友家借宿。也是姻缘天合，荷花的哥哥也到该朋友家借宿。她哥和朋友交谈时无意中提到荷花的名字，被隔壁房间的柴开养听到了，他脑子一激灵，心想，这个荷花是否与上次的那个荷花是同一个人呢。他就让朋友去打听详情，真的就是那个荷花哩，并且还没有嫁人呢，他当时真是有些激动的。

那时他一个人吃住都在电站。介绍人就邀荷花到浦城玩，想即看看柴开养的品貌等情况。荷花也是很特别的姑娘，她让柴开养在浦城替她找个小工做，顺便和柴开养接触接触。那时，柴开养手上也有点小权。他说，不要说一个人，十个人都有得做，这样荷花一个人就进浦城来了，在电站做临时工。这是他们第一次见面，距离第一次提亲近五年时间。做了半年就到了年底，荷花说等她回家过年时，看看父母哥嫂的意见再定。他们约了见面的时间、地点，她说，如她没来，就是家里不同意，让柴开养就不用等她。起先，荷花家里确实不同意，但经荷花及柴开养多次争取，最终有情人终成眷属。

1974年，三十六岁的柴开养与荷花喜结良缘。2014年荷花因病去世，将近半个世纪，他们琴瑟相和，相伴一生。育有一儿一女，儿女也全在浦城电站工作，现儿女各自也有了下一代，一家人和和美美，生活幸福。

江山街上的江山人，当年背井离乡，岁月沧桑。他们，不管离家多远多久，故乡永远记挂心头。江山街上那口刻有"江山街"三个字的百年古井，就是他们寄托乡愁的地方。江山街上的每一个江山人，身上都有一个历经苦难的前世今生，柴开养老人仅仅是其中的一个……

观前观后

李治本

一块布满青苔的青石碑,镌刻着观前村的故事。

不论字体多么端庄厚重,碑文是否雅俗,能在青石碑上留住自己村庄的由来,诚然是这个村有着自己的历史,有着自己的传承。当然,更有着自己的未来。

石碑上的字,经历了四百多年的风雨侵蚀,仍依稀可见。就像观前村一样,年复一年,代代相传,生生在人们的脑海里根植。

几年前,我去过观前村,在福建省浦城县。不知何故,这几年,我无数次回想起这个传统村落,难忘村中一砖一宅,一景一貌。或许是它的历史,或许是它的独特,或许是它的衍脉,或许……

观前村与仙霞古道休戚与共,与江山息息相关。一个历史文化积淀深厚的村落,一定会让人萦绕魂牵。

仙霞古道,从江山延伸到观前。也就是说,从浙江连到福建,再从福建回到浙江,往返了一千多年。古道相通,衍脉相承,生活相习。

观前村口,有一棵古樟树,一千米开外就能看见。古樟树葳蕤的枝叶旁逸斜出,构成了巨大的树荫,遮挡一片天地,扩展一个村落,蕴含着曾经的灿烂与繁华。村民栖息树旁,享受着绿意,接受着阳光——喜欢阳光的人,一定是乐观向上的人。

"沧海桑田,谓世事之多变。"阳光下,盘根错节的古樟树,书写着观前的盛衰。岁月的刀，在它身上刻满了生命的奇迹和印痕，它依旧屹立村口，几百年，甚至上千年。

不知是先有古樟树，还是先有观前村？这个秘密，只有古樟树知道。时光可以使我们忘掉许多事情，但村口的古樟树，却永远长在我们的记忆中。它是观前村的标志，或者说是观前村的符号，所经历的无声无息、不为人知的生命历程，搅得我们去探究，去挖掘，去发现。

观前村与金斗山隔溪相望，因金斗山中有个道观，村落位于道观的前方，故取名观前。金斗山形如斗之倒扣，有棱有角，非常秀丽，似一道绿色屏障。山顶道观，古色古香，一派幽静，在悠悠的时光中香火不断，缭绕不绝。

观前村依山傍水，古人称"二水交汇，三山秀丽，诚南浦之名区"。村前溪水回旋，村后金山、银山、龟阜山环列。三山之秀，源于南浦溪的滋养。南浦溪潺潺的流水声，不断传入闽江上空，又呼唤着回到观前。

南浦溪岸边，一块块青砖垒砌而成的墙体由北向南，蜿蜒于村落之中。我轻轻摩挲着那一块块千疮百孔的砖墙，宛若在触摸灿烂的历史，触摸祖先历经的沧桑。

在古代，闽江和钱塘江是福建和浙江境内的交通命脉。它们之间横亘着仙霞山脉，连接钱塘江和闽江山脉的是仙霞古道。仙霞古道南端——福建省浦城县南浦镇，北端——浙江省江山市清湖街道。从清湖到南浦，由南浦到清湖，仙霞古道是唯一通道。起点是终点，终点也是起点，将两地百姓的乡音乡情，紧紧地联系在一起。

走在鹅卵石的古道上，绵长、宁静、安详、悠远，我仿佛听到千年岁月细碎的脚步声，呼吸到观前远古时空漫长的气息。古道在我们面前延伸，两旁深宅高墙的四合院，规模壮观的水东社、关帝庙、观音阁、宗祠、禅寂寺、大口窑址，还有堪称江南一绝的吊脚楼，尽收眼底。这些保留下来的明清建筑古迹，足见观前村当年是如此地欣欣向荣，蒸蒸日上。

南朝文学家江淹、南宋理学家朱熹、明代旅行家徐霞客都曾游历观前，留下许多赞美山水的诗文。南北贤杰，东西才俊，弦歌不绝，厚泽绵长。

观前的山，蜿蜒起伏；观前的水，静静流淌。山水充满时空的穿透力，把历史的车轮停放在美丽的码头。一条条木船连成一座桥，将南浦溪两岸的上坊、中坊、下坊村民联系在一起。南宋以来,这里是浦城至建瓯一带的重要水运码头,为商贾仕宦北上中原、南下福州的必经之路,也是南北物产集散之地。直到1958年,赛岐至浦城公路修通。

漫步古街,沿袭至今的剃头店,还在古老的木屋中生发着特有的气息。观前人在古韵传奇的土地上,繁衍生息,安逸生活。难能可贵的是,他们对江山一往情深,他们的方言中,夹杂着江山腔;他们的骨子里,透着江山人的豪气。江山是我的故乡,在这里我找到了乡愁的记忆,心中顿感欣慰。

面对没有丝毫修饰,没有丝毫犹豫,也没有丝毫冷场的古村落,我们沿着风霜留下的履痕,去追寻仙霞古道的真谛,寻觅乡土观前的心灵密码。

一个文化底蕴深厚的村落,无论历经多少年代,总会有自己的缩影;一个富有历史的村庄,必将有着曾经的辉煌,有着时代的变迁。观前这个安静淳朴的村落,辉煌中不傲气,傲骨中不奢华,千百年来,默默无语地向我们呈现古道文明的精华和涵养。

近年来,当地政府对观前村进行恢复建造,古道亭、木长廊、南浦溪、石拱桥、水车……回到人们的记忆中。每天从周边前来探访的人络绎不绝,有的还从上海、杭州等地慕名而来。

观前的记忆,古道的流觞,人生的感喟,纤尘荏苒,流年缱绻,总让人慨叹不已。

冬日的阳光,驱走了严寒,多了些许温煦。沿着古道行走,斑驳的夯土墙门口,一位白发老妪和一条小黄狗和着阳光,静静地徜徉在自己的院落。当游人举起相机时,老人和狗却漫不经心地挪挪位置,似乎把最佳的角度留在镜头里。不难看出,老人和狗已不是第一次进取景框了。

在村中,与一位花甲老人攀谈。老人颇有些遗憾地说,每天来的人多,留下的人少,这样不利于经济发展。观前村有如此好的旅游资源,好的生态环境,从中一定能找到财富。

也许是大山的阻隔,也许是安闲自得的缘故,每当农闲时分,村民们三五成群聚在一起打麻将消磨时间,晒太阳度日,致富意识在他们心中似乎显得淡化。在某种的意义上,观前村的命运和未来,村民们的生活和幸福，不完全取决于政府，应取决于村民自己的认识和行动。

琴弦不拨，不会自鸣。人一旦有满满的梦想与期望，他的行动和智慧，就会超乎想象！自安于拙，以勤补之。

观前有着千年的水，有着万年的山。绿水青山就是金山银山，金山银山也是绿水青山。观前的山水，本就是金山银山！

霞客道上的每一处风景都是传奇

江 勇

一

青山翠竹环抱之中的那栋白墙黛瓦房子，便是存在八百多年的里山寺。

这个寺庙和一般的黄墙红琉璃瓦的豪华版寺庙造型不太一样，它似乎更像一栋古民居的徽派建筑。大门正上方嵌着一块青石，刻着"里山寺"三个大字，门前有小佛塔和焚香炉，以及一杆红幡旗。这些元素告诉我们，这里确实就是里山寺，确实是徐霞客在1630年农历八月初二日见到过的里山寺。

那天是徐霞客第三次到江山的日子。

那是一个秋雨连绵的时节，八月初一日他从清湖码头出发，冒雨行进了三十里，在保安住了一宿。

初二，他登上仙霞岭，越过小竿岭。登高远眺，近处雨止雾收，远处山色空蒙，雾锁秋山，迷漫一片。又下坡走了十里，便到了二十八都，在那里，徐霞客吃了中饭。

午饭的菜肴是什么？徐霞客没有写，大约应该有肉骨头炖豆腐的"风炉仔"，还应该有二十八都的铜锣糕，或者还有青椒炒猪肉。

吃过午饭，徐霞客开始打听去浮盖山的路径了。

前两次徐霞客经江山，走仙霞古道去福建时，都曾经从浮盖山脚下走过。他远远地望见浮盖山上怪石纷乱如云，云霞飞舞，翠壁陡峭。每次看见浮盖山的风采时，他都为之神往。这次，他再也遏制不住登浮盖山的兴致和冲动，便四处打听登山之路。

微雨中一个穿着蓑衣，牵着大水牛的牧人告诉他："从丹枫岭往上走，去浮盖山，是大道，但路要远一些；由二十八都溪流上的水安桥走过，向左边翻越山岭，经过白花岩登山，道路窄小，但要近一些。"

牧人的话像大水牛一般，诚实可信。

徐霞客听到"白花岩"这个有点诗意和想象空间的名字，便有点小激动，情绪也高涨起来，心里想，即使绕道也要赶过去，何况还是条近路呢！

于是他从水安桥上走过，向南走了几十步，就从左侧开始登岭。走了三里后，下岭，向南再走一小段路，可以见到一条小溪，那条溪叫作巾竹溪，就是现在人们在玩漂流的那条溪，可以"一漂漂三省"的那条小溪。

涉过小溪，再走三里路，转入南面的山坞，就到了浮盖山北麓的村子，那个村子叫金竹，就是现在的坚强村。

原来很有韵味的"金竹"村，是在1956年被"坚强"起来的。

小山村四周的山岭错杂，竹木清雅幽静。

穿过山村，走过木桥，桥边有个造纸作坊。从造纸人家的篱笆门中进去，沿着小石阶路面，拾级而上，徐霞客开始了攀登浮盖山。

蜿蜒的石阶路两边，是高低层叠的梯田。绿油的稻株已经开始抽穗，粒未实而穗首翘，山风起而绿波动，真是一幅立体的田园图。

走过梯田，道路开始陡峭高险。继续向上登攀五里，只见眼前巨石众多且杂乱，星罗棋布，竹林幽深，与巨石争抢空间，而在山石回转处，中间屹立着一座寺庵，就是白花岩寺。

僧人说："白花岩后山绝顶，山峦岩石非常奇特。"

僧人所说的那处风景，就是现在人们游浮盖山时，必定要打卡的那块浮盖石。但是，徐霞客没有继续向上攀登。

而白花岩的右边，有一个庙宇叫作里山庵。由里山庵翻越两重高高的山峰后，转而下走，山的南面便是大寺了。大寺的右边有犁尖顶，左边有石龙洞……

二

2021年农七月初三，在相隔三百九十年又十一个月后，我们一行来到徐霞客曾经打卡过的里山寺打卡。

寺庙有两进，中间有个天井，分上下左右四堂，附侧为禅房、僧舍、厨房、柴房等。房柱的红漆有点褪色和剥落，柱子上有许多劝善弘佛的楹联，精心画过的房梁，图案已经不太清晰。后堂的中央，立着一尊菩萨，这里的菩萨看来也已经精简了机构，左右没有相伴的佛像，整个庙宇的陈设比较简洁，但这也让那尊菩萨显得有点孤独。

据查，里山寺始建于南宋理宗（1224—1264）年间，当时只建了上堂，后又于明朝天启二年（1622）建造西厢房，第三次于清乾隆二十二年（1757）重修，后又于民国十七年（1928）新建下堂。

徐霞客见到的里山寺，应该是明朝天启年间修建后的。

这里供奉的菩萨，其实是一个有名有姓的人物，叫作翁克清。据说他有兄弟五个，都是武功高强、兼通医术的高人。特别是翁克清，他专治瘟病，当年这一带也曾经发生过瘟疫，是什么瘟疫，已无从知晓。当时，在他的医治下，染疫的人都好了。

寺庙前有一块清乾隆二十二年（1757）重修里山寺的碑记，从字迹模糊的碑记上，可以知道，当年此寺庙拥有很多田产，寺庙每年可以有丰厚的田租收益。说明当时此寺庙的"物业经济"工作做得很好，也比较富裕。

徐霞客当年还打卡了白花岩寺。

白花岩寺离里山寺不远，现在已经完全坍塌，仅剩下隐于树草丛中的庙宇墙基和散落的许多残砖条石。

据查证，是先有白花岩寺，后有里山寺。

白花岩寺始建于唐朝750—755年间，占地面积约五百六十余平方米，距今已一千二百七十年左右。

南宋宁宗1223年，一伙穷急了的强盗土匪，他们平时抢劫平民百姓，这回胆子大了，竟然不怕佛法的惩罚，抢到菩萨这里来了。他们突袭了白花岩寺，抢走寺内所有财物，还打伤了寺庙里的和尚。事后伤心的僧人们临时搭建竹瓦房三间，一间供神佛、其余两间供众僧们食宿。

无奈之下，众僧们决心重建寺庙。寺庙选址很重要，有的说仍在白花岩重建，有一定的基础，且环境幽雅，大石磊落，星罗棋布，还有"神仙晒衣"的奇观。

这"神仙晒衣"是一种什么样的奇观？大家都说不清楚。

也有的说寺庙要建在靠近里山自然村，这样接近村民，便于联系群众，了解信息，有突发事件能及时帮忙施救。

众僧们讨论了半年，几经反复选址未果。后来和尚们发现，寺庙内所养的一条看家护院的大黄狗，几乎每日早餐吃饱后就不见，一直要到傍晚才摇着尾巴回寺，天天如此。

众僧们心里纳闷，便跟踪了大黄狗，发现大黄狗每天都会跑到石林坪，卧睡此地。

而此地后山峻峭，峰嶂如屏，周边翠竹葱郁，景色秀丽，前眺山峦起伏，云烟幻影，而大黄狗睡卧之处，则为一平坦之地，有山泉，四季清流不息。

这就是佛驻之胜境啊！

一个争论了很久的寺庙选择址难题，竟因大黄狗而破解。和尚们就在此砌石为基，夯土为墙，伐木为柱，建造了里山寺。

里山寺的周边竹林深处，无序散落着许许多多的巨石，大若危岩，小若卧丘，再小若卵石，千姿百态，造型随意。有一块巨石，在它那坚硬的岩石中间，竟然会有一个像鼻孔一般的小圆洞，圆洞四周光滑，似乎认真打磨而成，这是大自然亿万年来的修炼成果啊！

三

里山寺的下方不远处，当年徐霞客路过时，见到的景色是一片"田畦高叠"的梯田。而现在已经"不见梯田高低叠，只有茅草密满坡"，这里已经成为野猪的领地。我们在路旁见到一处茅草明显被压过，且被整理过的地方，村领导很有经验地告诉我们，这是野猪的窝，就在近期明显有野猪在此睡过觉的迹象。

野猪享受保护政策后，这几年是"猪丁兴旺"，越来越多，它们也明显地承受了猪多粮少的压力,于是野猪们也只好"下山脱贫",胆子越来越大,有时晚上都敢悄悄地"鬼子进村"了,村庄周边的农田更是经常受到野猪的袭扰。

我们还在路边见到一件农民发明的驱吓野猪的"神器"。这神器看似很简单,就是在一根中空的毛竹上,穿一根细毛竹作为转动轴。用一根破开的毛竹引入一点流水,然后这个中空的毛竹筒口对着流水。流水把毛竹筒灌满后,由于重心转到轴的上方,毛竹筒会自动倾斜,倒出竹筒里的水,然而重心复位到轴的下方,毛竹筒复位到原来的倾斜状态时,它的基部会碰击横在地上的另一根毛竹筒,然后发出一声清脆的声响:"笃!"

回复到倾斜状态的毛竹筒,继续接纳流水,进而继续这个过程。周而复始,这个毛竹筒便会有规律地发出"笃!笃!"的声响,野猪听到这个声音,就不敢前来了。

这看似简单的结构,可以说是运用了流体力学、几何学、轴转动原理及音律原理,自动化设计等科技元素,可以说是一项伟大的自动化设计工程了。

农民真的非常聪明!

四

就在这片应该是梯田的地方,旁边的山凹处有几幢夯土墙的老房子,这个小村落叫作"王坞"。

房子有好几幢,但好像现在只有一户人家住在这里。我们见到男主人在玉米地里整理着什么,那幢房屋的门口,女主人和一个穿着白色连衣裙的小女孩,在远远地观望我们这一行陌生人。等我们走近了,她们却避进了房子。

两条狗,一大一小,看起来很瘦,营养不良的样子,它们看见我们一行人,开始还胆大地吠叫几声,但等我们走近了,却又胆怯地不敢吱声,夹着尾巴,远远地看着我们。

门前晒着一竹匾红辣椒,那鲜艳的火红,似乎凝聚了一整个秋天的晚霞，而背景处老房子那灰旧的门板，又似乎凝聚了一代人的乡愁。

徐霞客当年没有写到这个小村落。也许当年这里还没有这个村落，也许已经有这个小村落，但路过的徐霞客没有注意到。

但是，这个小山村，也是有故事的。

这里为什么叫作"王坞"？传说这里以前曾经出过一个女王。此女王应该是山寨王，据说她武功很好，带兵数千，练兵时在架桥狮山山顶大操场训练。此桥为神仙桥，白天桥架好士兵通过，夜间桥就收得无影无踪。女王有轻功，如要上狮山检阅士兵训练情况，只要双脚一蹬，腾云驾雾就到山顶。

女王在邻近三省交界威望甚高。凡邻近官兵来王坞与女王商议要事，需在规定地点下马步行至女王住处。福建方面官员前来须在下马岩处下马。那块下马岩，就立在这条古道上，两块巨石中间开了一条仅容一人可以通过的陡峭的缝隙。

而从浙江、江西方面来的官员，也必须在骑凹下马丘下马。

相传女王是神仙王。在王坞去里山的石阶上有两个凹陷，据说就是女王留下的脚印。女王死后厚葬于狮山山顶大操场，现在女王墓已经不存，但在整个山顶的操场上，还散落着当时建墓时使用的条石，有数千条之多，每块条石都重达百斤以上。

这些条石为什么会出现在山顶？要把这些石条搬上山顶，也确实是一项巨大的工程。这似乎是女王曾经存在过的佐证。

而关于下马岩，也有个传说。

相传此岩石每天深夜会自然合拢，鸡叫时分会自然分开。据传这是神仙设卡，村民不敢为。

后来里山寺来了一位得道和尚，但凡大小事情都骑马外出往返，在经过下马岩时非下马不可，否则马过，人不得过，人过马不得过；再则和尚有时晚间回寺，须绕小道或爬山方可抵寺。几经反复，庙中众和尚商议后，决心将此岩定位，以防麻烦。数日后，和尚择日买回一大黑狗，便在白天九时许将大黑狗拉到下马岩宰杀，将狗血洒入下马岩，此后下马岩就再也没在深夜合拢过。

重要的事情，看来都需要狗来搞定！

五

  我们一行是开车直达里山寺,然后顺着当年徐霞客上山的路,逆行下山。我们想与徐霞客的思路来一个碰撞,碰出点星珠飞溅的火花。

  从王坞继续下行,走过一架石桥,便接近金竹村,也就是现在的坚强村了。

  猜想这里就是徐霞客说的那户造纸人家的位置了,这个石桥,应该就是当年的木桥所在地。

  当年的造纸人家已不在,篱笆门也不见,木桥已经改成石板桥。而山峦上茂密的竹林,依旧郁郁葱葱。竹林下有几幢民房,有一条横路与古道交叉,这里就是现在坚强村的外铺自然村。

  据说,这里某个地方的地下,有黄巢的金窖,存有黄金三大缸。

  因为,有一首代代相传了几百年的偈语:

里双水井,外双水井;
横路背(上),横路底(下);
若能挖到黄巢窖;
就在千根毛竹底。

  谁破解了这个偈语,谁就能挖到黄巢的金窖。

  有人说金窖就在这一带,因为在这个小自然村有一条横路,路的两头均有存在了几百年的双水井,而那片竹林,绝对符合千根毛竹的描述。这里的景象符合这首偈语的所有特征。

  于是,这里也引来了寻宝者的光顾。据村领导说,以前曾发生过多次,有人在夜间偷偷地在这一带的水田里打孔,钻探,试图找寻到黄巢埋藏的黄金。

  但也有人解释说,那个千根毛竹,不是指现实的毛竹,而是指寺庙香炉里插着的香竹签,那也可以理解为千根毛竹。所以,黄巢的黄金窖,应该在某个寺庙的香炉底那个位子。

  按此理解的话,也许黄金窖就在白花岩寺。因为,白花岩寺始建于唐朝 750—755 年间，而黄巢途经仙霞古道时，是在公元 878 年，那时已经有白花岩寺的存在了。

这些都是传说和笑谈，但这首偈语，还可以理解为，这满山遍野的竹林和这条古道，其实就是巨大的财富啊！保护好，开发好这绿水青山，真的是金山银山啊！那应该是远胜于那三大缸黄金的财富啊！

确实，现在的坚强村两委，还有廿八都镇的领导，都在谋划如何更好地开发利用这条徐霞客古道，更好地开发浮盖山的旅游资源，开发当地的薏米酒等农特产品，让这满山遍野的"千根毛竹"变为"黄金三大缸"。

仙霞山村拾零

周汉泱

浙之西南有仙霞山脉,其茫茫大山中,无数村庄风景秀美。选其一处景色相宜者安住几天,物我两欢,欣然如故。特记而录之。

倚窗看雾

山中小住,窗外即田。晨起推窗,但见窗外云雾蒸腾,其飞迅捷,如纱如梦。而更可贵者,屋高田低,云雾俱在人之下。捧茶倚窗,观赏仙境。

岭头眺远

村庄四围皆山。其东侧上岭,再往下即福建和江西界。岭头高而空旷,视野极好,下探远方村庄历历,依山沿河,错落有章。四顾山峦层层,青天湛湛,朗日辉映。而风声呼啸,空山寂寂,山间忘机,不复他想。

深秋观熟

村庄内围一片山野田地。田中所作,有水稻,更多的是米仁。深秋时节,田中有老人割谷打谷,打谷不用打稻机,偏用老式打谷桶,劳作之深味,盖非外人所能知。米仁正成熟,青青黄黄,风过之时,低首昂头,沙沙作响,呜呜咽咽,如海涛拍岸。而地里辣椒朝天,红艳可爱。路边荚豆牵牵绊绊,颗粒饱满,剥豆生尝,清甜可口。

菖蒲迎客

村庄四围皆山,有山溪分别从三面而来,流经田野,最后又汇入另一面,切山而出。溪流中多菖蒲,坚挺于水中大小石块间,如水中兰。想起东坡先生《石菖蒲赞并叙》中言其"忍寒苦,安淡泊,与清泉白石为伍,不待泥土而生"等语,不觉下溪弄水,水既凉彻心扉,而觉眼前菖蒲随风轻摇慢摆,越发苍翠舒展。与之坐对,恰如故人相迎。

农家推磨

山间土味多。土鸡蛋、土鸡、土鸭、土鹅,也许还能外运,而山间手磨豆腐,则山外人未必能尝。深山之中,与主人共同推磨,土法做各色手磨豆制品:豆腐酸甜顺滑,豆浆鲜香暖胃,连豆腐渣也倍感美味上口,瞬间吃出山里人的安逸来。山间土物,非不易得,难得的是至情至性,费时劳力。一碗山里豆腐在手,世间富贵穷通再不足道。

密林听喧

村庄溪流合于一侧,水流大增,深处下纵,奔腾而去。下探过溪,到对面山中,山路两侧竹林杂木严遮,而又雾气蒙蒙,偏雾气蒙蒙之中又走出一位老伯,举杖背柴,瞬间有如进西游梦境一般。狭路相逢,寒暄借过,小心再往前走,人单林深,正心中惴惴之时,前面忽现阳光,透得几米山势开朗之地。溪水喧哗之声抢先传来，站定远望，山势绵延，交错下切，满眼杂树，枝繁叶盛，下藏溪流并不可见。而四境清幽，鸟雀不闻，远山淡无，与天云相接。其景犹如柳宗元《永州八记》，使人愀然，徒生归乡之思。快步回转，又见老伯正在大道之侧休憩，与之言说，老伯作笑，说："此山中也无甚好看，再往前只有一处山垄田而已，且也久废荒芜。"山中生活恬淡，世事何来波澜？与之共笑，一同回村。

与狗同奔

山中小住几日，与主人家狗子慢慢混熟。晨起出门，主人家两头狗子，一大一小，紧跟慢随。深山田野，风柔景好，狗子刨土戏水，抓蝶扑风，无心无肺，各处撒欢。见之不觉心情大好，与之在田间道路上一起肆意奔纵，来去追逐，人狗同乐一番。

山间赏雨

山中多雨，深秋亦然。而秋雨之色，最使人快意。雨前要赏天色：雨前天色，正如平时落日之际的刹那时分，有三分阴沉更带七分明亮，各色光线，丰富变幻，内敛而又热烈，低调而又明快；雨中要赏山野之色：雨润秋花，雨打芭蕉，雨著空田，雨笼青山，色色更新，又色色更老；而雨后要赏云色，雨后白云点点收，田上、溪上、山上，甚至远处人家的屋顶上，轻盈缥缈，窈窕飞舞。人间声色山水画，都缘秋雨做将来。

古树闲坐

村庄多古树，有柳杉、枫树、白兰花等，树龄都在二百年以上。而最珍贵的当是南方红豆杉，有外人生病，医院不能治者，依一红豆杉古树旁人家休养几月，病居然得好，于是树更被称"神"。政府遂一一挂牌，上下细心保护，村里也被称为"长寿村"。正值深秋时节，雌树果实艳艳满枝，采而食之，沁人心脾。依树闲坐，果觉神安气定，心舒体泰。人间美好，正是此刻。

在仙霞古道上 寻找徐霞客足迹

钱 华

在仙霞古道上寻找徐霞客足迹一事，江山市旅游局于 2004 年 11 月之前，就委托蔡恭先生等人做了不少的工作，收集了珍贵的翔实资料，连同"海上丝绸之路"课题上报给相关部门。2015 年 4 月 8 日，江山市徐霞客游线（仙霞古道）申报世界文化遗产专家组成立，我也成为十个专家成员之一。4 月 15 日，中华文化促进会、人民政协报社、中国地质学会徐霞客研究分会的专家来江山实地考察。5 月 18 日，清湖码头、江郎山、廿八都、浮盖山北麓江山片、仙霞古道江山段，这五个地点成功地被确认为"徐霞客游线标志地"。

2016 年 1 月 5 日，中国地质学会徐霞客研究分会等部门专家来江山复核"徐霞客游线标志地"。

2016 年 8 月 14 日、15 日两天，江山市文联组织"徒步仙霞古道生态文学采风"活动，使我有幸借机重踏了徐霞客当年的足迹。

徐霞客，名弘祖，字振之，明代南直隶江阴（今江苏省江阴市）人。生于明万历十五年十一月二十七日（1587 年 1 月 5 日），卒于崇祯十四年正月二十七日（1641 年 3 月 8 日），享年五十五岁。徐霞客一生寄情山水，游遍全国名山大川、海隅边陲。二十二岁开始，先后游历浙江、安徽、福建、江西、湖北等十九个省。徐霞客三次游历江山，《徐霞客游记》中，（《游九鲤湖日记》《闽游日记前》《闽游日记后》）这其中三篇游记为我们留下了二千六百多字与仙霞古道相关的珍贵文字。

一

明万历四十八年（1620）五月二十三日，三十四岁的徐霞客第一次游历江山，从清湖上码头舍舟而陆，这个码头就在清溪浮桥东边，现在门楼上有"清溪锁钥"四个字的地方，俗称"清溪码头"。上码头后，他经万安街、多福寺，踏过约一千五百米古道，爬上清湖岭头。现在万安街门楼依然存在，保存完好。多福寺于20世纪80年代被拆除，成为新景点，现仅存清光绪八年（1882）的一方碑刻，清湖岭原古道已被水泥路面全部覆盖。清湖岭头视野广阔，徐霞客在此远眺四方，独见东边山峰危峰峭嶂，摩天插云，便问路人，远方是何山峰？路人告诉他前面是江郎山。于是，他向东穿越小清湖，上落马岭，经昭明桥，二十里后，来到石门街。在石门街，徐霞客面向江郎山北侧，渐趋渐近，记下了"忽裂而为二，转而为三，已复半岐其首，根直剖下；迫之，则又上锐下敛，若断而复连者，移步换形，与云同幻矣"等精辟句子。徐霞客在石门街、清漾等地稍作停顿后，走过江郎阁郎街。在此文中有说，徐霞客至六月初七日才抵福建兴化府，即今天的莆田市，莆田距江山约有五百三十多公里，沿途半个多月时间，游宿在何处，未见记载，无考。

二

徐霞客第二次路过江山，是去福建，年四十二岁。在八年后的明崇祯元年（1628）三月十一日，他又抵清湖，经石门街，与江郎为面，到峡口，宿于山坑。这里的山坑，就是三卿口的三坑，三坑分东坑、蚕坑、上坂溪坑，古称山（三）川口，本地人习惯叫"三坑口"，后改名为三卿口。问题是，徐霞客到底宿于东坑、蚕坑，还是上坂溪坑？人们一直在纠结。按照常理顺路的角度分析，应该是上坂溪坑，即窑里。上坂溪坑与仙霞古道平行，向南行走便捷。三坑口原古道上有座木桥，上坂溪坑溪水从这里流过，老桥是徐霞客登仙霞岭时的必经之桥。老桥坍塌后，于清乾隆四十七年（1782），由王昌运等人在原桥的基础上重修了一座单孔石桥，叫"文昌桥"。从三卿口窑里到保安窑岭脚这条河卵石筑砌的古道，历经沧桑，至今仍保持原貌。古道九曲十八弯移步即景，春夏秋冬，满山遍野无处不果，当年徐霞客一定会为此景所感动。

这次徐霞客经过江山仅此两天，十二日，登仙霞岭，过廿八都街，出枫岭关，宿于福建浦城九牧。

三

徐霞客对大自然情感尤其深厚。明崇祯三年（1630）七月三十日，他再次来到江山。《徐霞客游记》中说："漳州司理叔促赴署。余拟是年暂止游屐，而漳南之使络绎于道，叔祖念莪翁，高年冒暑，坐促于家，遂以七月十七日启行。"他这次过江山主要是去漳州看望叔公。但与以往两次不同，抵清湖下船后，他独自坐在清溪东岸清溪锁匙门楼上游约一百米的岩石之上，既为清溪两岸风光而感叹，也在思念着他的叔公。在沉思时刻，有位刘姓路人，对他说："江山北二十里有左坑，岩石奇诡，探幽之屐，不可不一过。"回曰，下午为时已晚，不去了，于是欣然返回住地。这里说的左坑，是谓大陈大唐"左坑"。然《徐霞客游记》中提到"欣然返寓……"这个"寓"该在何处呢？既然为时已晚，当天宿于清湖，即有可能。但后文又说，"八月初一日，冒雨行三十里……宿于宝安桥"，查《徐霞客游记校注》，宝安桥：今作保安，在浙江江山市南境。如此推断，清湖到保安不止三十里，诚然，三十日晚宿于清湖，不合事理，应该住石门或江郎一带较为成立。

"初二日，登仙霞，越小竿岭……饭于二十八都。"这段文字让人马上联想到仙霞关的关隘，为什么徐霞客在《闽游日记后》中没有提及雄伟壮观的四道关隘。古道，汉朱买臣先行，唐黄巢开山辟道七百里，经仙霞岭，宋史浩以石筑路。元明时期，驻兵扎营，南来北往商贾从未停顿过，史料都有记载。对于关隘的出现，我查阅了刘毅编著《江山诗瓢》一书，最早只有清康熙五十年（1711），举人毛兆镁撰写过仙霞关的诗句，不难想象，徐霞客过仙霞岭时，兴许关隘一说根本不存在。

徐霞客饭于二十八都后，趋里山庵，并未登上现在的浮盖山。《徐霞客游记》："既饭，兴不能遏止，遍询登山道。一牧人言：'由丹枫岭而上，为大道而远，由二十八都溪桥之左越岭，经白花岩上，道小而近。'余闻白花岩益喜，即迁道且趋之，况其近也！遂越桥南行数十步，即由左小路登岭。"查阅《廿八都地形图》，丹枫岭是谓枫岭头，当年如徐霞客行经大道丹枫岭，到里山庵会是一个三角形九十度大弯。又载："三里下岭，折而南，渡一溪，又三里，转入南坞，即浮盖山北麓村也。"北麓的这个村大概就是现在的坚强村，之后到白花岩，憩于里山庵，应该不会有误。

又说，里山至大寺约七里，路小而峻。这座寺是七里岩大云寺，现保存完好，它地处浦城县界内。到大云寺后，徐霞客本想去狮峰山，因雾重路塞，而放弃前往。又南上一里，越一岗，走进一个龙洞，从地形图上看，七里岩大云寺到龙洞约有十里山路。可文中却说，乃南向直下，约二里，抵大寺，在此，不知道孰对孰错。初二初三日，老天大雨未停，把徐霞客及同行者留在了大云寺内两天。

翌日，雨还是下个不停，徐霞客与导僧砍木通道，攀乱碛而上，冒雨历游龙洞。龙洞位于大云寺西南端，是岩山群洞。洞多，数不胜数。

初五日，徐霞客乘舟抵南平。

机会来之不易，经两天跋山涉水，寻找徐霞客游线标志点上的足迹，趣矣。

林则徐四记仙霞古道

王石良

仙霞落翡翠,古道写沧桑。北起江山、南至福建浦城的仙霞古道,不仅是海上丝绸之路的重要陆上交通运输线,也是著名的古诗词之路,许多文人墨客、志士仁人曾在这条古道上留下鲜明的足迹,我国近代著名思想家、爱国者林则徐就是其中之一。《林则徐全集·日记》和林则徐《丁亥日记》中,就生动记述了林则徐四次取道仙霞古道,往来于家乡与任所之间的故事。

一

仙霞古道第一次出现在林则徐日记里是嘉庆十七年(1812)。此前一年,二十七岁的林则徐金榜题名,被任命为庶吉士,旋即告假还乡省亲。第二年五月,林则徐带着妻子郑淑卿,离开故乡福建侯官(福州),前往京城候缺补官。

十一月二十二日,林则徐由闽入浙,"酉刻至念八都宿"。念八都即"廿八都"。顺治十一年(1654),为加强对闽浙赣三省边界地区的管理,清政府在廿八都设浙闽枫岭营,下辖枫岭、保安、三卿口、清湖等十一个兵汛。沿途还设有驿站、急递铺,可谓节节驻守,步步设防。驻军带来了安宁，带来了商业的繁荣。鸡鸣三省的边城廿八都得天时地利之便，渐渐成为仙霞古道上一个繁华的市镇。

十一月二十三日，林则徐在仙霞关关帝庙小憩，并行香求签。签云："曩时败北又图南，筋力虽衰尚一堪。欲识生前君大数，前三三与三三。"有趣的是，清末状元张謇也曾在北京前门外关帝庙，求得一支与此完全相同的签，并据此对自己的人生前程做了许多臆测，后来发现想多了；也曾有据此附会林则徐人生与签中诗句的关系，同样是想多了。

这天晚上，林则徐夜宿峡口。雍正十三年（1735），朝廷在峡口旧街设衢州府同知署，"居道路之中，扼峡岭之隘，弹压棚民，稽查行旅，防乱党窜入"。同知署长官称"同知"，为衢州知府副职，又称"司马"，官居五品，高于县令，故有"小小江山县，堂堂旧街府"的说法。

二十四日早上，"过苏岭，又过江郎街。天清，望见江郎山三片石；凡出行者，以得见此石为吉兆"。天清气朗的日子，可以尽情欣赏"三峰一一青如削"的江郎风光，不用为凄风苦雨发愁，对出行人来说当然是吉兆。

夕阳西下，清湖到了，林则徐住进陈翰侯行。林则徐为什么不住免费的驿站而自掏腰包住私家旅店？因为他不想给"官家"添麻烦，也不想给自己添麻烦——林则徐怕应酬，怕生命耗费在毫无意义的官场迎来送往中。他喜欢静静地读点书，思考些国计民生的问题，或者去田间地头、街头巷尾与农夫农妇、贩夫走卒聊聊耕作和买卖，获得启发和营养。

林则徐是幸运的，二十七岁就金榜题名，被任命为庶吉士——一份官位不高前途远大的职位。林则徐又是不幸的，生长在晚清之际，官贪吏虐，人民生活在水深火热之中。哪里有压迫，哪里就有反抗，台湾天地会起义、苗民起义、白莲教起义和天理教起义等此起彼伏，沉重打击着清朝政府的残酷统治。外面，来自英、荷、葡等西方国家的鸦片销售和走私情况越来越严重，造成大量白银外流，而且严重侵蚀着国人的健康和精神。林则徐曾先后在厦门海防同知署、福建巡抚张师诚幕府做过秘书和参谋工作，了解鸦片吸食之普遍、危害之严重，禁烟之势在必行。面对清朝政府这艘千疮百孔、风雨飘摇中的沉船，有人选择了逃避，有人选择了醉生梦死，而林则徐选择知其不可而为之，试图挽狂澜于既倒。

二十五日早饭后，"下鸬鸟船，船甚小，东北风顶逆。晚泊大鸡滩，仅行三十余里"。鸬鸟船又叫"鸬鹚船",因其小而得名。鸬鸟船可用于客运,也常用于捕鱼。用于捕鱼的鸬鸟船连棚顶也没有,仅够一人作业。

二十七日到达衢州,改乘茭白船。茭白船又叫"江山船",高大、宽广,装潢华丽,载客量大。因吃水较深,所以茭白船一般往来于杭州至衢州之间,只有涨水时候,茭白船才上行至须江水道。

二

林则徐日记中第二次写到仙霞古道是道光二年(1822)。这年林则徐三十八岁,已官居四品,是四个孩子的父亲。此前一年,林则徐在浙江杭嘉湖道任上告假还乡,探望生病的老父亲。父亲病愈,林则徐启程赴京补官。

三月二十一日,林则徐一行到达廿八都。第二天早上,林则徐到达窑岭口,遇见前来迎接的峡口同知署同知刘锡方。刘锡方,顺天(北京)大兴人,监生。嘉庆二十五年(1820)履任。

二十三日,刘锡方陪同林则徐过苏岭(今名苏家岭)才告别而去。不久,"过江郎街,望三片石甚明"。江郎位于峡口与清湖之间,行人常在此吃饭打尖,江郎街因此而兴。虽然不是第一次经过江郎山下,江郎山"正直相扶无倚傍,撑持天地与人看"的雄奇景象,依然强烈地冲击着林则徐的视觉和心灵。

"午后到清湖,住毛惟一行,郑天雯与祝东岩令嗣在此相俟。"祝东岩,名昌泰,福建浦城人,江郎祝氏后裔。家资富厚,富而行善。嘉庆三年(1798)祝昌泰兄弟曾为鳌峰书院和南浦书院捐献巨资,促进了福建教育的发展。嘉庆五年(1800),祝昌泰生母祝徐氏捐银五万零四百两,用于修复浦城县治东南西三面水毁城墙。为此,嘉庆皇帝特赐"深明大义"之匾。

日记里提到的郑天雯曾是祝昌泰筑城的得力助手。祝昌泰儿子和郑天雯为什么出现在清湖码头?祝家世代为商,常常为商务活动来往于浦城与清湖码头之间。

仙霞古道运输业的发展，刺激着沿途各集镇、村落商业的发展，尤其是清湖古镇，渐渐成为浙闽赣三省边界集散中心和客运中心，《读史方舆纪要》载："清湖镇为浙闽要会，闽行者自此舍舟而陆，浙行者自此舍陆而舟。"当时在清湖码头到处可见像祝昌泰、郑天雯这样经商买卖的外地人。

清湖三月的夜晚，月白风清，空气里弥漫着浓郁的橘花和栀子花香。眼前的清溪江水流日夜，慷慨歌未央。林则徐想起了闽江，想起了故乡。

这年四月初九，林则徐抵达北京。二十六日得到道光皇帝召见，并嘉奖他说："汝在浙省虽为日未久，而官声颇好，办事都没有毛病，朕早有所闻。所以叫汝再去浙江，遇有道缺都给汝补，汝补缺后，好好察吏安民罢！"（《林则徐年谱》）让林则徐很感动，心中洋溢着"人以国士待我，我以国士报之"的激情。

三

道光五年（1825）二月，正在福建老家丁母忧的林则徐接到朝廷"夺情"令，要他赶赴江苏高堰，参加督工水利工程建设。林则徐不仅是伟大的爱国主义者，也是一位出色的治水专家。担任京官时，林则徐曾广泛搜集元明清各朝关于兴修京畿水利的奏疏、著述，撰写了《北直水利书》，主张发展华北水利，合理解决南粮北运问题。道光三年（1823），林则徐担任江苏按察使，有机会一展身手。这年六月，江苏暴雨成灾，大片良田、民房被淹被毁，灾民流离失所。林则徐及时采取各种救灾措施，避免了大灾之后大饥荒的出现。为此得到道光皇帝两次接见。这次朝廷征召治水，林则徐没有推辞。尽忠即尽孝，岂能为一己之私，而忘了国计民生？林则徐一身素服奔赴江苏水利工程建设现场。

三月初九，林则徐从福建九牧出发，中午抵达廿八都。下午过仙霞岭，又在关帝庙里焚香求签，签云："秋冬作事只寻常，春到门庭渐吉昌。千里信音劳远望，椿萱快乐自安详。""椿萱"喻指父母亲。林则徐母亲仙逝，何来快乐安详？

晚上住保安行馆。该馆建于乾隆二十八年（1763）。保安有了行馆，来往仙霞古道的官员、差役等，多了一个歇息住宿的地方，带动了保安商业的发展。

第二天上午，经过峡口，前来迎接的依然是同知刘锡方，依然送到苏家岭。

继续前进，在江郎街用午饭。"申刻至清湖，住周公和行。"林则徐三次夜宿清湖，一次住陈翰侯行中，一次住毛惟一行，一次住周公和行，小小清湖镇，竟有如此多旅舍，足证清湖"商务为全县中心，繁盛胜于县城"。（《中国古今地名大辞典》）

林则徐刚刚住下，"江山县令德（豫）以厨传来，力辞之"。江山县令德豫让人送来厨师做的丰盛的饭菜，林则徐坚决拒绝了。林则徐始终牢记父亲"不妄与一事，不妄取一钱"的告诫，克己奉公、高节清风。道光十年（1830），林则徐被任命为湖北布政使，发布《由襄阳赴省传牌》，宣布沿途一切自理，不接受属员的一切招待；道光十八年（1838），林则徐以钦差大臣的身份前往广东禁烟，临行前又给沿途各驿站发了一道传牌：《奉旨前往广东查办海口事件传牌稿》，其中明确规定：

> 所有尖宿公馆，只用家常饭菜，不必备办整桌酒席，尤不得用燕窝烧烤，以节靡费。此非客气，切勿故违。至随身丁弁人夫，不许暗受分毫站规、门包等项。需索者即须扭禀，私送者定行特参。言出法随，各宜懔遵毋违，切切。

爱此羽毛偏洁白，向来进退总分明。林则徐身在官场，却没有被玷污染黑，始终一身正气，不让自己的出行带来各种奢侈浪费和营私舞弊。小小传牌，体现了林则徐一颗清正廉明的心。

在清湖，林则徐受到县丞署巡检范建拔的热情迎接。至此，林则徐又看似随意地补了一笔："所过营汛，皆放炮鸣金，甚有弁兵列队披坚执锐以迎者，皆慰止之。"林则徐一路行来，仙霞古道上的廿八都、保安、三卿口、江郎、石门等兵汛官兵，都全副武装列队迎接，并敲锣打鼓、鸣放礼炮，但都被林则徐一一制止。驻军是用于保障国家安全的，怎能成为迎来送往的礼兵？一县好山留客住，一溪秋水为君清。林则徐心中只有国家、民族、人民，没有个人虚荣的位置。

三月十一日早上，林则徐雇了两只鸬鸟船，一帆风顺，直达衢州。照例没有住进府衙，而是在下游江边歇息。四月二十三日，林则徐抵达江苏，马不停蹄投入工作中，"与幕僚佐孜孜讲画无倦容，雨后徒步泥泞中"（《林则徐年谱》）。林则徐是个思想家，更是个实干家。

四

林则徐第四次走仙霞古道是道光七年（1827）。这年二月，林则徐结束丁母忧，离闽北上候缺。三月初七入浙境，晚上住廿八都。第二天过小竿岭、大竿岭和仙霞岭，在仙霞岭关帝庙休息时又求一签，签云："一生心事向谁诉，十八滩头说与君；世事尽随流水去，功名富贵等烟云。"母亲的去世让林则徐心伤，而签中诗句又引发了他人生苦短、世事无常的诸多感慨。

初九日上午，继续朝江山方向出发。农历三月，春风和煦，阳光灿烂，古道边原野上山花烂漫。但吸引林则徐的却是农作物生长情况："田中大麦结穗，长于燕尾。小麦轻花始扬，色含浅绿。菜花则浓如金屑，叠花被陇，其芳袭人。自出门来，今日气候最佳。询之土人，云：'去年本属丰稔，春来旸雨应时，米价平减。'甚可喜也。"

在林则徐心中，最美丽的风景是五谷丰登。为此，他特地下轿，向当地村民了解生产情况。当他听到村民介绍去年是丰年，今年也是风调雨顺，丰收在望，林则徐开心地笑了。林则徐对农业生产并不陌生，身居上位后，依然十分重视农业生产生计，曾作诗宣传要抓紧农时，推广经过改进而有实效的农耕方法。四面湖山归眼底，万家忧乐到心头。林则徐被誉为民族英雄，不仅因为他为维护国家主权和民族利益做出了贡献，更因为他胸怀人民，乐人民之所乐，忧人民之所忧。

风景美，心情好，脚步也轻快很多，林则徐一行转眼就到了江郎街。江山县令杨绍霆派人送来了午餐，林则徐以"余已自设食矣"拒绝了。饭后继续前进,"见三片石甚明秀"。林则徐数度从江郎山下走过,很遗憾没有留下一首诗作。而林则徐的父亲则在这年九月十八日经过江郎山时,倒留下了一首诗。那天,林宾日在儿子林霈霖、长孙林汝舟等陪同下,前往长子林则徐江宁布政使任所。行抵峡口,远眺江郎,诗兴勃发,写下了《望江郎山歌》:"……霓旆兮云车,仙之人兮招予;攀木樨兮佩茱萸,风飘飘兮吹我裾,予将逍遥兮天之衢。"(《闽侯县志》)

这位七十九岁的老人想象自己得神仙之召唤,衣袂飘飘,飞行于江郎山上,遍览奇花异草。不意九月二十六日,老人病逝于衢州城,而本诗也成为其归真之谶。生命的长度是有限的,结缘江郎山则是千古美谈。

林宾日是对林则徐人生影响最大的人。林则徐无论走到哪里,都带着父亲写的一副对联:"粗茶淡饭好些茶,这个福老夫享了;齐家治国平天下,此等事儿曹任之。"安贫乐道,尽忠于国,是林宾日对儿子的希望,也是林则徐一生的方向。

太阳落山前,一行人赶到清湖。那些天清溪水流较大,水面上停着一艘菱白船。林则徐闻知,立即登船出发,免去了衢州转船的麻烦。船过江山,县令早已等在城外须江边青龙埠边。林则徐没有下船,而是让船下行五里,停泊在江岸边。林则徐四次经过江山,没有进过一次城区。最美的风景在城外,最好的心情在江边。

初十早上,菱白船解缆出发,刚驶出十余里,忽然狂风大作,不得不紧急靠岸大鸡滩浮桥边。顷刻大雨瓢泼,雷声阵阵。菱白船在惊涛骇浪中飘摇,雨水浪花不断打进船舱。林则徐没有恐惧,只有担心:"恐麦穗、菜花不免吹损矣!"胸怀家国,心系苍生,这就是林则徐。

"苟利国家生死以,岂因祸福避趋之。"读林则徐日记,可以看到一个时代的风云变幻,可以看到仙霞古道上美丽的风景风情,可以看到一颗忧国忧民的心。

[参考文献及资料]

[1]《林则徐全集·日记》。
[2] 林则徐《丁亥日记》。
[3] 来新夏：《林则徐年谱》。
[4] 同治《江山县志》。
[5]《浦城县志》。
[6]《清湖镇志》。
[7] 江山市政协文史委《仙霞古道丛论》。
[8] 蔡恭：《古道沧桑两千年》。
[9] 刘国庆：《风雨关山衢州路》。

仙霞道上，向左向右

毛谦义

峡口镇在江山市的南部，闻名遐迩的仙霞古道就从这里经过。

仙霞古道也称江浦驿道，是由江山清湖码头通往福建浦城观前渡的陆上通道，有百余公里长，它连接了钱塘江、闽江两大水系，是我国古代通江达海的海上丝绸之路陆上要道，其政治经济和文化意义直至今天仍产生影响。

峡口镇在仙霞古道江山区域段的中间地带，有着承前启后的作用，仙霞古道经峡口旧街、三卿口、窑岭、保安、廿八都镇可通往福建的浦城，在这条轴心线上，峡口镇对古道文化的影响是举足轻重的。

一

仙霞古道在姜村弄进入峡口区域，峡口旧街是古道上重要的节点。峡口旧街居江山港上游大峦口溪的北面，与峡口渡唇齿相连，历史悠久的古城山就在峡口老街的边上，这里有商殷时期最初的人文遗址旧迹。

峡口渡历史旷久，负有盛名，除丰沛的水资源以外，其仙霞古道广博的人流物流也是峡口渡成名的诱因。据《江山县志》记载：明正德十三年（1518），"知县吴仲造船、砌埠，翼以两亭"。明嘉靖二十年（1541），

"知县黄伦置渡船二、夫四名"。由此可证峡口渡很早就有官府管辖的史证。

峡口旧街建于何时现已无从稽考，但一点是可以相信的，这就是与便捷的水陆交通肯定密不可分。由于峡口旧街与仙霞古道的特别地位，清政府曾在1735年在峡口旧街设置衢州同知署，并在同知署的南北两侧建有古宏寺和关帝庙，临街还建了三开间的牌坊和一处"大公馆"、两处"公馆"（驿站），配有瞭望塔、阅兵台、旗杆等军事设施。

峡口旧街除有上述设施外，清初还在这里设置了浙闽枫岭营，有千总一名，兵丁一千人，可见当时的峡口老街影响不小。然而这种繁华在1858年太平军经峡口入闽时焚毁了，据清光绪二十五年（1899）版《同善录汇编》记载："贼入峡纵火，尽烧其房屋，彼时祝融到处肆虐，火光烛天，可怜五都闹市，竟一旦化为灰烬。"更让人难堪的是1924年，军阀孙传芳经峡口旧街时再次火燎旧街，让满目疮痍、遍体鳞伤的峡口旧街再遭劫难，从此峡口旧街一蹶不振，风华不再。

峡口新街（今称老街）是在1858年旧街遭太平军火烧后，移到大峦口溪南面新建的，经过陆续的营造才逐步形成上街、中街、下街的格局，当年旧街被焚后，同知署也搬到了新街汤氏宗祠办公。新街到康熙年间就相当繁华了，至民国时期更是富庶一方。据20世纪40年代统计，中街有临街建筑五十一处，其中店铺四十二家，以元昌号最负盛名，经营各种商品。其他的布行、南货店、肉店、纸行、药店、饭店、酒坊、染坊等五花八门，也是生意兴隆。下街有临街建筑六十二处，其中店铺五十余家，包罗了南货、百货、打铁、油漆、糖坊、米行等多种门类，车水马龙，熙熙攘攘，也堪称繁华。唯上街因离渡口较远，人迹罕至、经营略少。然而这条老街命运多舛，1942年日寇侵犯峡口时再遭兵燹，过半店铺化为灰烬，国恨家仇，血与火的见证。

峡口镇的集镇化建设是从旧街开始的，随着老街的重建、新街的崛起，峡口的城镇化建设日新月异，从20世纪80年代起，峡口建设如日中天，欣欣向荣，时代为峡口插上了腾飞的翅膀，而今峡口已成为江山市的南部重镇，是闪耀在浙闽赣边界上的璀璨明珠。

二

三卿口是三川仙霞古道上的又一个重要节点。关于三卿口地名的由来有多个传说。据民国版《三川王氏宗谱》载：先祖王国宝是在元朝时期由兰溪双牌来此游猎而定居于此的。他在峡谷的山口处结庐，亲手种植了三棵槐树，并说：子孙必为三公，后来子孙繁衍，于是取地名"三卿口"。还有一说是：此地在仙霞山脉东坑、蚕坑、上坂溪坑三条山溪的交结汇聚处，故有"三川"之说，当地人便称之为"山坑口"，久而久之演变成地名"三卿口"。最有意思的说法当属第三种：说这里的居民最早是龚氏，龚氏的三个儿子都位列公卿，后来龚氏搬离了这里，并把房子赠予这里的王氏，王氏为纪念龚氏的恩德，于是把村名改为了"三卿口"。有舍有得，毋忘感恩，不管这几种传说孰真孰假，我更倾向于第三种的传说，因为感恩是永恒的，也许这也是三卿口久盛不衰的缘由。

说到三卿口，自然绕不开这里的"文昌桥"。据传文昌桥与仙霞古道是同期而生，但典籍中并无这一记载。但文昌桥的存在离不开一个人，这是一个公认事实。据文昌桥上《重修三川文昌桥碑记》载："吾地文昌桥载志书，由来旧矣。清乾隆四十七年（1782）王昌运重建，蒙县主王给予功在舆梁匾额，盖功其劳也。道光十五年（1835）十二月二十八日，右边桥堪阶级倾圮数丈，昌运裔孙夫便修理。十六年（1836）正月，王氏等捐资复修，所有人名列后……"由此可见王昌运确是文昌桥的再生者，没有王昌运的义举，也许文昌桥早已荡然无存。居住在文昌桥边的王寿祥老人已逾古稀了。据他讲，从记事起他就没见过桥边的四角亭和建桥石碑了，只有凄冷的碑石基座。可见文昌桥碑记的断忆至少已有七十余年了，也许只有依偎桥旁的古樟还依稀记得它的昔日与今朝，但桥边的古樟郁郁葱葱，愿这苍虬的古樟相伴沉吟的古桥天长地久、相守永远。

三卿口有文昌桥也有文昌阁。文昌阁有过辉煌，也有过落寞，开始时沦为生产队里的加米厂、榨油坊，后来又变卖给农户做生活用房，那年造高速公路时给拆了，兴衰也许只在轮回间。三卿口现在还留存有许多文物：王氏宗祠、尚义坊、贞节坊、东山寺、圆通庵、关康庙、社庙、狮子墩、土地堂墩、临流轩、景仰斋、水碓房、纸厂等，然而稍不留神，也许还会重蹈文昌阁的覆辙，于无声无息中消失。呜呼，留住古道文化是多么地任重道远！

三

　　在仙霞古道上有著名的仙霞六岭，它们分别是窑岭、仙霞岭、茶岭、小竿岭、大竿岭（亦称枫岭）、梨岭。窑岭是这六岭中最北端的一道。窑岭因山坡上布满瓷窑得名。这里瓷土丰富，溪水长流，地势舒缓，加之仙霞古道发达的商贸和物流，这里曾是青花瓷的著名生地，闻名于世的三卿口制瓷坊就处在子安里的窑岭上。据传清乾隆年间两位福建籍黄姓制瓷工匠率先在此制瓷，繁衍生息，形成窑村，并以烧制青花瓷为业。三卿口制瓷作坊有九座水碓，水自流，碓自舂，昼夜运作，从采泥开始，粉碎淘洗、拉坯成型、绘画上釉，煅烧出窑，一批批优质青花瓷从这里出品，盛名的"峡口瓶"誉满四方，一时成为炙手可热的瓷品。

　　三卿口独到的传统制瓷工艺受到了国内外专家学者的高度关注，中国社科院考古研究所、杭州南宋官窑博物馆专门拍摄了纪录片，上海博物馆还专门辟出百余平方米场地，将三卿口制瓷作坊按比例制成模型展出，三卿口制瓷作坊已成为陶瓷考古、制瓷工艺、旅游观光的必到处。2006年5月，三卿口制瓷作坊被国务院列为全国重点保护文物单位。

　　然而如此风光的三卿口制瓷坊在现实的今天落寞了，寂静的窑岭将曾经的热闹封尘于梦，喧嚣的工场和火红的窑炉已与窑岭作别，冰冷的瓷坯固藏在静穆的车间，相伴无声的水碓忍着寂寞，唯山鸟飞过偶发的脆声和缓缓溪流淙淙回响与窑岭对白，曾经的瓷工也远走他乡，重谋新途，年迈的妪叟则伴着长长的龙窑，期待瓷村的复活。满目萧条和无奈的寂寞是现今的写照。

　　面对如此的窘境，传统产业的保护仅仅存在纸上吗？或者仅仅是形式的留存，那这样的文物保护还有何意义？三卿口古瓷村正静静地躺着，形同行尸走肉，更像是毫无灵魂的木乃伊，这是一种怎样的悲凉？！也许只有熊熊的窑火才能驱走悲怆，愿瓷村能重获生命。

四

从峡口镇向左行进是廿七都源，廿七都源虽不在仙霞古道上，但它与仙霞古道一样的精彩。廿七都源包含大峦口、定村、双溪口和周村这些区域，定村文化是这一区域的代表。王厚让先生主编的《千年定村》对廿七都源的文化进行了纪实性的记载，并借助《廿五史》《浦城县志》《（康熙）江山县志》《（同治）江山县志》和许多家乘典籍，从中捕捉到先秦时期就有闽越族人在定村聚居的印证，并从《白话廿五史》中找到"秦代陆路交通图"与定村的关联，《千年定村》的编辑们还按图索骥，穷追不舍，跋山涉水，披荆斩棘，翻越崇山峻岭，穿越林海河川，实地考证了这条古道，并验证了定村是秦代会稽郡通往闽中郡交通要道的史实，还实地丈量了古道，宽一点七米，佐证秦代"车同轨书同文"的条律。这条古道由卵石和山岩建成，北连张村、长台，衔接清湖码头，经九节岭、猪浆洋、干坑岭、定村、白沙、白马淤、双溪口、苏州岭南通福建南平，贯穿浙闽，是一条秦代浙闽交通的捷径。在这条古道上，现仍存有柘岭古关隘、干坑岭古道、龙井坑古道、苏州岭古道等遗迹，历历在目，风姿不减。

仙霞古道是闽浙咽喉，已为世人瞩目，而秦朝时期开辟的经张村、定村、双溪口穿越浙闽的这条古道，较仙霞古道早了八百多年，不可不说是一个奇迹。也许这是史志的疏漏，以致后人遗忘了这条已有的古道，《千年定村》的编纂填补了这份应有的空白。

定村人杰地灵，三百六十行，行行有贤能。《千年定村》设有行业能工巧匠名录，有的虽已作古，有的步履蹒跚已入暮年，但更多风华正茂、挥斥方遒的才俊也收入了名册。

为了给《千年定村》的老行当留份存照，八十老妪架起行头编起草鞋；为给后人留点祖辈生活的影子，许多村民搬出了灯盏架、纸篓等稀有家藏，他们只有一个想法，就是让定村的风物长留世间。一曲山歌，一段道情，也许土得可以掉渣，却是传统文化原汁原味的遗传，真的是弥足珍贵。

原生态的乡土民风，婚嫁礼仪，丧葬风俗，在《千年定村》中也有详尽的记述，栩栩如生、如临其境，细细品读，历久弥新，如老生常谈，胜过百科全书，让人百看不厌、爱不释手，这是《千年定村》强大的魅力。

如今千年定村已湮没在白水坑水库的海天泽国之下了，而整体搬迁的定村新居已崛立在峡口镇的林场路口，青山绿水有知，历史将记住千年定村的风采。

五

沿仙霞古道南行，从峡口右侧切入可到王村、同桥、广渡村等地，而广渡是我印象极深的地方。广渡与清漾毛氏同根同宗，也是耕读传家的典范，历史悠久，人文雄厚。步入广渡毛氏祠堂，"尊师重教"的匾额直入眼帘，尽管祠堂沧桑古旧，甚至有些破败，但对教育的敬重丝毫不减，仰止"尊师重教"的匾额倍觉敬畏。广渡重教不溢于言表，而落在细实处，善用智慧传承教育信念，着实难能可贵。

在广渡毛氏祠堂门前，地面上镶嵌有七块方石，其中第七块是由二条等分的条石拼合而成的，这里面就隐含有"六子七进士"的故事。据《宋史·选举志》和《清漾毛氏族谱》记载：宋代毛恺勤奋好学，大公无私、并注重子女的教育，毛恺的三个儿子除次子毛宁早卒外，其长子毛勉和小儿子毛宽均荣登进士榜。毛恺的小儿子毛宽从小聪颖好学，比兄长毛勉还早三年及第进士。毛勉名不虚传，生育六子三女，个个成龙成凤，六个儿子毛随、毛复、毛节、毛临、毛鼎、毛震全部及第进士，女婿陈远，也不负众望，取得进士功名。江山有"女婿半斤子"的说法，于是在纪表"六子七进士"时便用七块方石象征七进士，而两条等分拼合的方石就巧指女婿。"六子七进士"既反映了广渡的重教，也闪烁着广渡人的智慧，同时也印证了毛姓家族人才辈出的事实。

也许人们还记得祝渭洋先生的油画《广渡村的小妞们》，曾获"93博雅全国中青年油画大赛优秀奖"的作品，曾在纽约、多伦多、北京、香港、深圳等地展出，产生过广泛的社会影响。画面呈现了五位童真无忌的少年，娴静地坐在老大门的石槛上，享受天真无邪的童年快乐。我曾被这幅油画深深地感染并打动过。这次广渡之行，我专门来到了祝渭洋先生这幅油画的创作处，凝望着广渡小妞挤坐过的老大门，悠悠古巷，深深庭院，门额上"礼义门"三字令我感动。三十年过去,油画上的五位广渡小姐早已长大成人,行于五湖四海,但她们身上烙着的礼义印记和广渡村所赋予的文化潜质将相伴终生。

仙霞古道是一条商旅之道,更是一条文化经脉,历史的沉浸,文化基因的流淌,生生不息,历久弥新。峡口镇是仙霞古道上的名镇,名镇因古道闪耀,古道因名镇增辉。

江山亦要文人捧

杨 建

现代文学大家郁达夫,生性喜游,阅景无数。他曾经说过,"江山亦要文人捧"。华夏大地众多的名胜古迹,他的生花妙笔都"捧过"。地处浙西地区的江山市境内的许多景物,特别是黄巢率十万农民起义军挥戈浙西,开道七百里打通的仙霞岭,就赢得他的钟情。

酷爱自然,漂泊半生的郁达夫,曾两次游历江山。第一次是1933年12月,他应杭江铁路局之邀,杭江线通车向游人介绍沿途风物。其时,正是兵荒马乱人人提心吊胆的年代。他不为乱世荒年所羁,失却采风访俗游山玩水之雅事,携妻王映霞来到江山,要"见识见识仙霞岭的险峻"。

仙霞岭是唐黄巢起义军征战浙江,麾指福建时开辟的雄关古道。据《读史方舆纪要》载:"仙霞隘处,仅容一马。至关,岭益陡峻。拾级而升,驾阁凌虚,登临奇旷,蹊径回曲,函关剑阁,仿佛可拟,诚天设之雄关也。"自黄巢起义军劈山开道,仙霞岭就遂成"东南锁钥"、"八闽咽喉",在战略上有"操七闽之关键,巩两浙樊篱"之意义。为历代兵家必争之地。历经千年的仙霞古道,虽已完成它的历史使命,但古道上留下的道道关隘、石砌古道、练兵场及壕沟等遗迹,倒成为游人凭吊、游览之地,曾引来无数骚人墨客,陆游、朱熹、杨万里、辛弃疾、徐霞客等都慕名来游,留下不少赞美仙霞岭的诗篇。

郁达夫到达江山的第二天,就急急地雇了辆汽车,直奔仙霞岭。从江山城至仙霞岭,一路上的名山大川如老虎岩、江郎山都令他赞叹不已。而仙霞岭在他眼中:"转一个弯,变一番景色,上一条岭,辟一个天地。""山的高,水的深,与夫弯的多,路的险,不折不扣的说将出来,比杭州的九溪十八涧,起码总要超过三百多倍。"行进在这雄关古道,郁达夫总是喜惧相随。每过一关隘,就喜形于色,而西遇一峭峻岭隘,则不免望而生畏。但郁达夫抱有一种"要看山水的曲折,要试车路的崎岖,要将性命和运命去拼拼,想尝一尝生死关头,千钧一发的冒险"念头,仙霞岭的四关二十四曲,终于被他征服了,并留下了脍炙人口的《仙霞纪险》。

郁达夫第二次游江山,是事隔五年之后。此次前来,他与夫人王映霞的感情不和,心境不佳。到江山后的所见所闻,令他生出许多伤神的感慨。并且以一首游江山的绝句,表达自己忧戚的心情:"阿奴生小爱梳妆,屋住兰舟梦亦香。望煞江郎三片石,九姑东去不还乡。"诗中外江郎山三片石为江氏郎、亚、灵三兄弟,因迷恋此地美景登巅化为石之传说,感叹江郎三兄弟既已登巅化仙,九姑就由她去吧。隐含了他对婚姻的无奈哀怨之心绪。

郁达夫是一位有爱国情怀的文学大家,主要作品是小说及游记散文。他在抗战时期曾在香港、南洋一带从事抗日宣传活动。新加坡沦陷后,流亡苏门答腊。日本宪兵因害怕罪行被他毫无遗漏地暴露出来,于1945年将其残忍杀害,年仅四十五岁。一代文学大家,一个纵情山水的征客,就这样在文坛的星空中黯然陨落。然而,在中国文学史上,将永远铭刻郁达夫的名字,在中国人民反法西斯的战争的纪念碑上,将永远铭刻郁达夫烈士的名字,同样,众多他曾经游历过描述过的高山大川、三山五岳,也将因为他的名字,而抹上一笔浓烈的人文色彩。

步霞客足迹游浮盖山

杨 建

浮盖山，一座有着奇美景色的山，一座曾经让徐霞客"辄为神往""兴不能遏"的山，也是一座坐落于浙江省江山市境内众多奇山中最具神秘色彩的山。如果你有也好奇之心，不妨先去看看《徐霞客游记·闽游日记》，那里就有精彩的描述。我也是看了这位喜爱地理探险的霞客先生之《闽游日记》，才步着霞客的足迹，游历了这座山。

我们从浮盖山脚沿着石级山道徒步攀登，触目所处，山峰奇拔，田畦高叠，嘉木林立，秀竹摇青，渐入佳境。约莫一小时，一天然石障突兀眼前，中间仅有一条只容一人侧身而过的狭道。穿过这屏"下马石"，见一古老的小山庄散落山中，村内炊烟袅袅，鸡鸣狗吠，出村几步路，又一古刹坐落于茂林修竹之中。这座是徐霞客曾驻足休憩过的里山庵，寺院中有许多历代游山者留下的楹联，其中一联"山径有尘微雨洗，东门无锁白云封"，真是道尽了眼前的景象。正殿佛像排列，香烟缭绕。面对此情此景，我们竟不约而同地跳出了"深山藏古刹""白云生处有人家"的句子来。

离开里山庵，继续朝石径攀爬，此地"路小而峻""冈势北垂"。不一会即近狮峰，狮峰山势险峻，怪石嶙峋，峰峦环列，丛丛绿竹点缀石痕间。徐霞客对此曾叹道："此真独胜。"过狮峰顺左攀行一刻，便到了龙洞。到得洞内，"两壁愈夹，肩不能容，侧身而进"。朝里间穿行，却是洞中有洞，左右相连，上下贯通，时而"顶开而明"，时而"上合而暗"。其间的"一线天""龙池"等自然景观,莫不让游人叹为观止,若坠仙境迷宫。

从龙洞出来过一山峰,面南而望,前耸二石,一石斜而尖,恰似巨大无比的犁头,名为"犁头尖石",与此石相依的是根数十丈高的擎天石柱,二石所称"双笋石人",过"双笋石人",即达棋盘石,棋盘石的形成,乃是岩石经亿万年的风化剥削后坍塌叠起。放眼四望,满岗"大石磊落,棋置星罗……峦石甚奇",有的亭亭似淑女,有的狞恶如奇鬼,还有卧牛跪羊腾虎,都栩栩如生各呈异彩。整个棋盘石,犹如一个金碧辉煌的艺雕殿堂。

乘着游兴,我们又一鼓作气地登上了浮盖山顶端,"浮盖中顶,皆盘石累叠而成,下者为盘,上者为盖,或数石共肩一石,或一石复平列数石,上下俱成叠台双阙,'浮盖仙坛',洵不诬称矣"。浮盖仙坛"四旁有苔,如发下垂,嫩绿浮烟,娟然可爱"。站在仙坛四眺,群山尽现,山脉绵延,万木争荣,烟雾溟蒙,令人流连忘返。

神奇秀丽的浮盖山,自古就名闻遐迩。南宋著名文学家汪藻曾两度游览,留下数首吟咏浮盖山景色的诗作,其中《登浮盖山》云:"策杖扪箩到岭头,十年曾此一经游。澄涵泉洿东西涧,突兀山蟠南北州。翠顶冻云寒六月,丹炉留药暖千秋。腾身已出尘寰外,更欲乘风傍斗牛。"诗作不仅勾画出一幅山峻石奇水清的仙境图,还表达出作者置身于此,顿觉已摆脱尘俗的羁绊,飘飘欲仙将与斗牛星同在天上生活的浪漫。给浮盖山增添了无穷的意蕴。

廿八都赋

王庆华

仙霞峨嶂，浙山祖脉。叙古道千年，思家乡久远。里人今来兮，古镇廿八都。念之复念之，愧对乡里情。小竿岭上俯凝望，云烟层峦是家乡。

潸然三里街如旧，欣喜四围翠涌怀。浔里文昌书否朗？香炉峰尖观朝阳。古建门楼独璀璨，青砖黛瓦风火墙。长街小弄儿时忆，回音壁里大声喊。山歌对唱枫溪畅，风俗念旧儿时欢。

花桥头前观花桥，牧马龙山郑氏鞭。半边街旁清流水，水星庙里舞翩跹。枫溪桥上赏明月，水安亭间纳风凉。徘徊观望到水口，我欲乘风三边行。

水安桥亭思左右，古道霞客著遗篇。东南浮盖牵何梦？我欲怪石可拿云。拾级而上呈古道，舒心斗米岭下村。山下村名是坚强，筋竹金竹费凝猜。虔诚重走弘祖迹，游记难续霞客章。

登步曲折小阶，盘旋田畦高叠。见大石磊落，观松竹争隙。幽洞冷泉弄闲客，古木参天钓清空。古寺藏山里，梵音静我心。细品岩茶喧嚣没，慢斟岁月适闲人。

澄望道，拽高风。清晨纤折登浮盖，难撩竹木眉梢间。登顶乎？坐石否？坐石如浮驾苍龙，卧雾轻飞巡九天。青狮吼闽山，白猴望苍穹。龙洞奇怪盘古劈？线天开合纳晨昏。日月交辉孕天地，穷通吐纳呈衰华。江郎支庶撑天地，壁立千仞谁能攀？纱帽垂九天，棋盘走山河。拈来上古骚风，泼出水墨古州。

东南浮盖霞客踪,又思西南洋浮竹。山道飞歌洋里行,满眼竹翠似汪洋。庙前忆旧读书郎,如今庙毁筑亭想。思悠悠,念悠悠。乡贤亭怀久。吾今高声念亭额,水潺潺,念可留。大声念:洋里涛浮竹,庙前月读书。读罢楹联思浮涌,何人念念初心在?后辈曰:书山有路勤为径,竹海涛声我作舟。

息息相通也,长亭复短亭。古道边,三省界,翠竹碧连天。朝霞丽,晚风清,箫笛送乐声。天之涯,地之角,一壶壮豪情。

晨起步道听竹韵,瀑布亭间可抚琴。君行健,白塔尖,观景台上频指点。峰峦起伏胸怀阔,江山一览奋勇前。三省交界处,红霞布满天。登楼三百六十度,回环九州大同篇。

感而吟诗:古镇千年梦,山川召我行。诗词难赋就,肝胆照天青。

古道随想

李春江

在清湖古码头,望着流淌的江水,遥想当年钱塘江上游江山港的繁荣,观照其现时的落寞,真是世事变迁,沧海桑田。

钱塘江发源于浙江的衢州,南源为衢州的江山,因流量大,水出仙霞山脉的百里长峡即成江山港,陆通闽、赣。西源出自衢州的开化,县境邻赣、皖,水流至常山成港通赣。江山港常山港流到衢州相汇,江面更宽,为双港口。

漕运是封建王朝通过水运征调全国粮食、物资的运输制度,为关系军国第一大事。先由黄河、淮河、长江、钱塘江之间开挖的运河,后延伸运河至海河。海河、黄河、淮河、长江都是从西到东,且水势不定,秦汉至唐初,长安人口百万之巨,关中无力以供,漕运到长安逆水难行,更因三门峡之梗,漕运不便,后唐定都于洛阳,北宋定都于开封。皆因漕运便利,长安衰败,汴京成为百万人口的东方帝都。钱塘江在浙江境内也是由西南向东,但在全国来看却是由南向北的。钱塘江上游的江山陆接闽粤和江西至南方各省,是中国古代南北交通水陆转换的关键节点。

汉唐至北宋,江山主要承运福建的贡赋物资如金银、金属制品、贡茶、木材、木炭、果品以及海外香药、珠宝等,北宋四大铜钱铸造产地为江西波阳、九江,安徽贵池和福建建瓯。建瓯铸钱与该省贡赋物资运至江山峡口,由漕船顺江而下到杭州转运河运至开封。水陆运输都是武装押运,陆路为运军,水运为漕卒,有总兵一千军官士兵,自福建至峡口沿途都有运军营地,峡口则有漕卒营地和漕船码头、仓库等。南宋定都杭州,江山港最为兴盛。

唐时的长安、北宋的汴京、南宋的临安、元明清的北京,都呈现过前所未有的繁荣,这一切繁荣,是依赖每年巨额的漕粮、贡赋以及运河供应的。唐代至北宋时期,以汴河为干线,连接黄河、淮河、长江及钱塘江几大水系的发达的水运网,除元代采用海运,明代朱棣迁都北京,明、清水运网连接海河。频繁的漕运和便利的水路交通,极大地刺激了各地的经济交流,带动了运河沿线城市的兴盛。但漕运、运河中断后,许多城市又都陷入萧条、萎缩的境地。"因漕而兴,因漕而衰。"江山港、清湖、峡口、保安、廿八都也都数度繁荣,几度衰落。

北方诸省通过运河经扬州直达杭州,然后溯钱塘江而上到达江山。或从清湖毛塘登岸,走江玉大道到江西玉山,顺信江而入鄱阳湖,经长江而达湘、鄂以及南方其他省。或从清湖古镇登岸,走仙霞古道去往福建。去往北方,或从清湖毛塘登船,或从清湖古镇登船。故清湖码头有古镇和毛塘两个码头。货物运输仙霞古道为肩挑,江玉大道采用羊角车,因为运量大,石板路碾出寸把深的辙沟。光绪年间,贺村的一座拱桥压塌后,商户集资在老桥旁重建了一座新桥,立有碑记,此碑现存江山博物馆。近代,江玉大道被浙赣铁路取代,仙霞古道被二〇五国道取代。

时值七夕,传说七仙女下凡嫁给牛郎,为天庭不容,王母娘娘用玉簪划出银河,让他们夫妻生生分离,牛郎织女仅每年七夕才能鹊桥相会。望着江水汨汨流淌,我忽然想起一段往事:宝廷为清朝贵族,努尔哈赤侄子铁帽子郑亲王济尔哈朗的八世孙,隶属清朝镶蓝旗,同治七年(1868)中进士。光绪年间,他以正二品衔礼部右侍郎,赴福建担任乡试正考官。此次公差途中,在杭州到江山的船上,邂逅一位美丽的江山船女,两心相悦,互生情愫,宝廷遂纳为妾。随宝廷到福建主持乡试,红袖添香,郎情妾意,此乃高官与民女的爱情,但不为朝廷所容。宝廷人尚在福建,纳汉女为妾之事已报往京城。宝廷与爱妾遂在清湖码头诀别,凄凄切切,这边哭哭啼啼,那边失魂落魄。宝廷坐船回京后,无奈上疏皇帝请求自劾,就此罢官赋闲。

行至仙霞关,有黄巢像立于道旁。一些人奉黄巢为古道开山鼻祖,其实大谬。唐乾符五年,公元878年,起义军领袖黄巢率领他的十万大军南下,经江西,转浙江,到福建,再下广州。879年阳春三月,黄巢十万大军还有骡马、辎重,从江山走仙霞古道去福建,沿途将古道狭窄处拓宽修整。绝不是黄巢开辟了仙霞古道。当月,黄巢军队抵达福州,驻扎一个多月后,黄巢于五月率军急匆匆挺进广州了。

仙霞古道由来已久,春秋末期,越国为楚所亡。勾践子孙分两拨南逃,一拨走海路到温州瓯江,居住下来为瓯越。一拨溯钱塘江而上到江山,弃舟走仙霞古道,翻山越岭,至福建建瓯安营扎寨,繁衍生息,是为闽越。这支后裔一边生产,一边训练军队,从不懈怠,自闽到浙,沿途设店放眼线,信息畅通。秦末,陈胜吴广在大泽乡起事,动静很大。让无奈流落闽地的勾践后裔无诸看到生机,出仙霞岭,入钱塘江,举师北上。居然"以阻悍称",令人挺开眼界。后来楚汉相争,无诸再次发力,带兵协助刘邦打项羽。刘邦得天下后,就"复立无诸为闽越王,王闽中故地,都东冶"。至此,亡国之君的遗梦残恨终于在后代子孙重现几星光泽。公元前202年,无诸在冶山之麓建造冶城,这是福州作为城市的最早雏形。

2002年,福州隆重纪念建城2200年。无诸的闽越,自此每年向朝廷缴纳税赋,进贡财物,络绎不绝,越仙霞岭入钱塘江,经运河送往京都。西晋永嘉二年,公元308年,拖家带口的"八大姓"从动荡不安的中原"衣冠南渡",经运河转钱塘江一路舟船,抵江山港,走仙霞古道到福建,之后源源不断有人跟随他们的脚步到较少战祸的南方避难,寻求安身之所,到福建的,去广东的,成为"客家人"。

循着古道前行,有保安铺和念八铺匾额的门楼与牌坊,分别矗立在保安乡和廿八都镇。有文友说金庸先生武侠小说写到念八铺的章节。很多游人不明白念八铺保安铺的意思。古代的驿道,五里一短亭,十里一长亭,供行人旅客稍作休息。古代的驿站,不但是传递公文的"驿传快马"歇夜的地方,也是过往官员歇脚的地方。从宋代开始,比较大的驿站,"急脚快递"改由地方驻军"按站传送",称为"铺兵"。西北地区常见"十里铺""三十里铺",就是铺兵的驻地。廿八都和保安都是铺兵的驻地,属于古道上比较大的驿站,这是保安铺、念八铺的由来。有铺兵的地方驿站豪华一些,称为驿馆。

古道悠悠,值得走走看看。

廿八都——枫溪河畔的江南古塞

刘艳萍

号称"浙江山脉之祖"的仙霞山脉，层峦叠嶂，绵延一百多公里，其中最为险峻的仙霞岭，山峰如削，筑成了一道天然的屏障，巍然耸立于江山南境，由此发源的河流一路向北，汇入钱塘江。但有一条河却独辟蹊径，由北向南流向福建。这条逆流就是枫溪，河畔即是千年古镇——廿八都。

关于这条倒流的河，当地流传着这样两个传说：

当年黄巢"刊山开道七百余里，直趋建州（福建建瓯）"，翻过仙霞岭，从廿八都出发，黄巢一路势如破竹，取得了最终的辉煌，实现了长安称帝的梦想。至于后来，黄巢又被曾经的部下朱温、沙陀族李克用背叛，一路败北，最终在泰山兵败身亡，那是后话。"出师未捷身先死，长使英雄泪满襟。"时也命也？英雄事未成，不禁令人叹惋。但我们仍然可以想象，当年冲天将军挥师南下，邂逅这条倒流河时的心情，他感到冥冥之中似有神谕，与他骨子里的桀骜不驯竟然不谋而合。多年的征战杀伐，心底的一点诗意早已荡然无存了，这时他却脱口而出吟出当年的诗句："飒飒西风满院栽，蕊寒香冷蝶难来。他年我若为青帝，报与桃花一处开。"

江河倒流和他扭转乾坤桃花菊花一起开的梦想竟然在此不期而遇，这让他觉得是个好兆头，这让他振奋，让他血气翻涌。他忍不住一声长啸，身后千军跟着齐声呐喊，顿时山鸣谷应如响雷滚滚而过，这声势，似乎连水都被震慑得几欲回头。因此，廿八都流传着这样的民谣："三江口，三江口，黄巢到此水倒流。"

还有一则是与风水有关。

咸丰四年（1854），廿八都人金桂芳在《枫溪居址记》中形容廿八都的地形："四山环拱，一水潆洄。"这水，就是指蜿蜒穿过廿八都盆地的枫溪。清光绪年间，一位三省总督闽上赴任，行至小竿岭时，遥遥地只觉眼底云遮雾绕，似有万千气象，急忙吩咐停轿，下轿步行。随从不解，总督解释说：远看廿八都，四面环山，北水南流，必出非常之人物，本官不敢怠慢，因此下轿步行。

廿八都原名"道成"，廿八都之名形成于北宋熙宁四年（1071）。王安石变法，为了实行"以丁联兵"，设保甲法，将十户为一保，五十户为一大保，五百户为一都保的编制推行于各路乡村。当时江山境内十二乡，共分四十四都，廿八都排名第二十八，此后就一直沿袭这个名称。岁月流转，山河几度变迁，廿八都，还是念念不忘旧时的名字。这质朴的名字，唤起时，竟如隔世的跫音。

古镇南衔福建，西接江西，真正的"一足踏三省，鸡鸣万家听"。一北一南两个商业区"浔里"和"枫溪"，缘溪而建，沿河而居，青山绿水间，黛瓦青墙错落有致，依然保留着19世纪的风貌。

南面的浔里街是廿八都古镇人口最密集、商贸最繁华的古街。浔：《说文》解"厓深也"，水边的陆地。这水，当然就是指枫溪了。以河命名，想必也是对枫溪有着异乎寻常的爱恋，也许多年前河畔密密匝匝长满了枫树，秋霜打过，溪边红叶连绵一片，铺天盖地，红似烈火，灿若锦霞。飘落在河面的红叶，是秋风温柔的手掌抚摸着枫溪的河水。

枫溪蜿蜒，奔流的溪水日夜淙淙流淌，这份高山流水赋予廿八都的阳刚和清新，使他与众多小桥流水的江南古村有了不同，她们是温婉静雅的处子，恬静古典；而廿八都，是气宇轩昂的大丈夫，有山的雄浑，又有水的清奇，因为特殊的地理位置和独有的历史，又有了江南古塞独有的幽深雄浑之美。

地处三省交界的山区，交通不便、耕地缺乏，是政府无暇顾及的"三不管"地带，往往经济发展落后。廿八都是个例外，在其鼎盛期的晚清至民国年间，浔里街和枫溪街两条街道，林立的店铺和作坊总数将近二百家，商行店铺、饭馆客栈布满了整条鹅卵石铺就的大街,日行肩夫,夜歇客商,每天南来北往,熙熙攘攘,富足热闹了数百年之久。想来当年总督落轿步行,见此一片深山里的繁华,也会更加确信此地必有卧虎和藏龙了。

莽莽大山中怎么会有如此繁华的集镇?这跟仙霞古道有莫大关系,它北起浙江江山的清湖码头,南至福建浦城的南浦码头。是连接浙江水系和福建水系的交通要道。清湖码头,当年被称为"清溪锁钥",沿钱塘江溯游而上的船只,到这里是最后一站,客舍舟登陆。而货必须由挑夫挑着一步步翻过仙霞岭,因此而诞生了一种行业,即"挑浦城担"。一百二十公里的路途,廿八都恰在中间,来来往往的贩夫走卒在此打尖住宿;浙闽两省为财赋重地,经济发展水平较高,互相补足,交易量大。福建运往浙江的物资,包括木、纸、糖以及从海港转运来的进口香料、象牙等奢侈品;浙江经由福州、泉州、广州出口的物资,以生丝和绸缎为最大宗。浙闽之间的交通蓬勃开展,于是就有了著名的"海上丝绸之路",仙霞古道作为江浦驿道,浙闽官道,更成了丝绸、瓷器、茶叶这些物资的输送要道。

唐朝时期,日本的空海大师作为遣唐使,也由这条路进入浙江,到达长安,廿八都的这段唐风古道给了空海大师以坚韧信心,完成了旷世伟业。

廿八都之所以有后来的繁华景象,更跟清初的军事格局分不开。古镇四方关隘拱列,东有安民关,南有枫岭关,西有六石关,北有仙霞关,易守难攻。顺治年间,福建先有南明隆武朝,后有耿精忠之乱,加上郑成功退守台湾,仙霞岭成为"准边疆"地带,其战略地位令清廷不敢掉以轻心。于是将浙闽总督衙门迁到浙西南的衢州,又在廿八都驻扎了浙闽枫岭营,他们在这里操练、屯田,后来许多士兵落籍在此。这就不难理解,为什么今天廿八都街头会有各种方言在此交汇,各种风俗在此融合,各种风格的建筑在此碰撞,这是孤独的坚守。在一片陌生的土地里固执地保持自己的形象,也是温厚的藏纳,几百年之后,让我们看到了一片锦绣,千针万线,经纬纵横,展开来,每一缕,都是发黄的故事。

在一个黄昏落日时分,走进了姜守全的旧宅,这里曾是戴笠女特工的训练班。随着展示、陈列的一些历史碎片,仿佛再次走进硝烟弥漫的抗日烽火。那一张张青春美丽的面孔,当初都是弱女子啊,而从这里踏出去时,是一团火,是一柄剑,凛然一笑间,家仇与国恨,一并担在肩上了。

"东南锁钥，八闽咽喉"的仙霞关走过了漫漫烽火连天的岁月，廿八都经历了繁华与没落，走过了荣光与沉静。

如今，雄关依旧巍峨，古镇的小巷里散落着不少青砖老宅，马头墙，门楼上镌刻着的精美的木雕。耳旁萦绕的都是南腔北调，他们淡然地面对凡尘俗世，与世无争的生活。

可以在某个清晨，看着早起的人们挑着扁担悠悠地从青石板街头走过，和枫溪畔浣洗的妇人拉家常，看店铺老板欣欣然地打开铺面的门板等着开张，没有吆喝声，一副悠闲的神态。

也许，任风云变幻，我只是处变不惊，这就是廿八都原来的模样。

清溪溅玉皆诗声

叶翠青

辛丑春暮,清湖码头文化丛书第二辑《古今诗人咏清湖》一书与读者见面了。该书共收录了古代和近代约七十多名诗人的作品,约一百八十首,现当代诗人七十名诗人的作品约二百二十首,同时还收集了楹联七十多副,现代诗五十多首及部分村歌。作者既有古今名儒贤达、文人墨客,往返仕贾,尤为可贵的是,有相当一部分作品是土生土长或生活在清湖的当地人所创作的。翻开诗集,灯下夜读,翰墨飘香,珠玑咳唾,一下把我带回到了那曾经喧闹而后渐渐寂寥的清湖古码头,聆听那些陌生和熟悉的诗友品茗酬唱,调琴对吟,不由使我浮想联翩,夜不能寐。

清湖古码头,天应须星,地接闽赣,水陆相承,源远流长,卧仙霞而控东南,襟吴越而引江海。云动水生,沿清溪而通钱塘,雨过春归,接苏杭则达帝京。沿岸钟灵毓秀,人文荟萃,历来是文人墨客往返访贤览胜歇脚之地。早在东汉时期即是新安县的重点集市之一。而诗赋因情而生,意随心出,文人的际会,仕贾的倦旅,舟楫的穿梭,清湖古码头便成了人与物、山与水、情与景的交汇中心,他们给清湖古码头留下无数隽永诗句。唐代周美因羡清湖景物之美,就留下《秋梢游小江郎叠韵二首》(其一):"日出秋江净,长天护一台。峰心冲碧起,寺面对青开。虚壁闲云拥,轻沙叠雪来。更多岩菊翠,点点入清苔。"而江郎望族大学士祝其俗也赋诗:"老我无心出市朝,江郎山下自逍遥。感君千里来相访,相与仙关话寂寥。"

其后,宋元时期,先后有杨万里、朱熹、方回、柴登孙等文人学士留下诗篇。其中,宋代理学家朱熹二过清湖留下了《重过南塘吊徐逸平先生》"不到南塘久,重来二十年。山如龟背厚,地与马鞍连。徐子旧书址,毛公新墓田。青松似相识,无语重凄然"的咏叹。

星移斗换,时光流逝到了明清时期,清湖古码头已跃升为四省要会,丝路名津,三千船筏,十万挑夫,一时清溪千帆竞渡,古镇万商云集。至民国初年,清湖码头更达到了鼎盛时期,沿江两岸有客货码头十七个,涉及食盐、百货、南货、农副产品、竹木瓷器等等,与清溪锁钥相连的"万安街"千米百店,著名的绍兴帮、徽州帮、江西帮与闽浙赣等四面八方的客商在此风云际会。古镇上旧有"六场、三缸、八坊、九行、十匠、百店",热闹非凡;店铺、厅堂、宗祠、民宅、当铺、钱庄、兵署鳞次栉比;在此谋生的掌柜、伙计、船主、纤夫、役卒、船娘、僧尼等各行各业应有尽有;为清湖古码头诗词创作提供了广阔的空间和丰富多彩的素材,清湖古码头诗词创作也随之掀起一个高潮。

陆和、袁敬所、查慎行、刘侃、熊希龄等一批文人雅士到此或抒情,或凭吊,或游山玩水,或吟风弄月,为清湖古码头留下了一百多首诗词。如曾任明代监察御史九年,世人号称"小铁面"的和睦人陆和,在《春日携二三子登象山》中吟有:"登高自昔夸重九,愁开韵发遥山应。今日攀跻兴更殷,力倦眠来碧草分。百折清溪穿绿树,风暖不嫌频落帽。几层翠嶂桷晴云,无人为笑有参军。"清初著名诗人查慎行往福建赴任时留下的《晓晴发清湖镇舟中望江郎山》:"碓床石濑响泠泠,爱入归人旧耳听。岸草绿痕移蟋蟀,水花红影带蜻蜓。樵争晓市秋初霁,风转荒湾棹一停。云雾不遮南望眼,三峰回首逼天青。"曾是江山女婿的北洋政府总理熊希龄《赠周心万》:"突星闪闪照江郎,风景天然众乐场。春到省耕黄刺史,兴来拜石米襄阳。鳌峰西障连碉堡,鹿水东流灌稻粱。知是此邦贤令尹,一身辛苦为民忙。"这些诗词追古思今雅俗共赏,是清湖古码头繁荣昌盛的历史见证。

新中国成立以后,随着铁路、公路等新的交通工具飞速发展,航运渐渐退出了历史舞台,清湖古码头也随之寂静下来。但生长在古镇的人们并没有因循守旧,故步自封,他们紧跟时代的步伐,抢占各种先机,创造出一个又一个辉煌。半街双院士、下山新村、电商福地等成了清湖古码头的新名片。"一步一叩首"的纤夫咏叹，鼓起了兴工强镇、发家致富的风帆；"一呼一应和"的挑夫号子，催化了清湖卸倪搏击商海、勇立潮头的梦想。清湖古码头诗词创作也迎来了新的春天。一批现代诗人及词曲作家与时俱进，为清湖古码头诗坛注入了新的活力。有效促进和繁荣了清湖古码头的诗情画意。"桐花万里丹山路，雏凤清于老凤声。"一拨应运而生的后起之秀像雨后春笋般地茁壮成长。

夜阑人静，任月华来侵，春归去。掩卷遐思，不怨耽吟瘦，长怀嗜读孤且听，清溪溅玉皆诗声，航山沾珠尽律韵。是清湖乡贤会诸君的谋划与该书编写组的同志，拨冗烁金、废寝忘食的辛勤劳动辑成此书，为清湖古码头呈上了一份厚礼，也为今后游览清湖古码头的人们增添了一份文化套餐，更感谢编者在书中录入鄙人不揣浅陋投送的几首小诗与楹联。在此一并表示衷心地感谢和敬意。

来一锅廿八都豆腐

王文英

浙江省衢州市江山市古镇廿八都，地处浙闽赣三省交界，是中国历史文化名镇，中国民间艺术之乡，建镇有一千多年历史，是海上丝绸之路的陆上集贸重镇，居民来自四面八方，保存有一百四十多个姓氏、十三种方言，历史形成的异域风采，被专家叹之为"文化飞地"。

如果要给廿八都加一个美食的注解，我想廿八都风炉豆腐仔应该是当之无愧的。

廿八都的美食有很多，号称八大碗和两名点。八大碗包括廿八都风炉豆腐仔、廿八都枫溪鱼、廿八都山药黄麂羹、豆蔻猪手、腊肉鱼干、廿八都笋干炖排骨、廿八都石斛炖石蛙、廿八都野菜。当然，因为2020年的新冠肺炎疫情，山药黄麂羹和石斛炖石蛙已经被永久除名。两名点是廿八都燕皮馄饨、廿八都铜锣糕。其中廿八都铜锣糕，是古镇传统节日糕点，已有千年历史，在浙闽赣边界地区被奉为"糕中之神"。位于八大碗之首的廿八都豆腐，入得了寻常百姓家的饭桌，也登得了"帝都""魔都"的星级酒店。

廿八都豆腐之所以叫风炉豆腐仔，是因为炖着这锅豆腐煲的，是用泥制的小火炉子，当地人叫它"风炉仔"。泥炉中间搁着烧红了的炭火，上面安放着深褐色陶锅，文火慢炖，豆腐才能慢慢入味。廿八都古镇悠长的时间里，已经烤红的木炭煲着一锅醇香的豆腐，静候着，汤汁浸透了排骨、冬笋的鲜香，等锅热了，咕噜咕噜的气泡一个个冒上来，豆腐也被下面沸腾的汤汁顶动着，热乎乎的香气袅袅娜娜地弥漫着，钻出窗外，更是钻进鼻孔。这个时候口水已是落下三千丈，忍不住拿起筷子夹起一块送到嘴里：软烂、鲜美、香醇、淡淡的烟熏味，独一无二。在廿八都，无论冬夏，豆腐都这么炖着吃，因为泥炉不上火，陶锅不走味。

与普通的豆腐相比，廿八都豆腐显得更硬一些，自带一股炭烧的香味。机器磨浆，土灶柴火大锅煮豆浆，以石膏凝结，与现在所有手工制作的豆腐一样，廿八都豆腐的制作过程其实并无特殊。豆腐好吃，在于两点：豆子好，采用本地优质新鲜大豆；水好，从做豆腐到炖豆腐，取用的都是高山泉水。如此做成的豆腐极其鲜嫩、可口，具有浓郁的乡土味，廿八都风味。

廿八都人已说不出，此番豆腐的烧法从何传来，但没有关系，这一代又一代传承下来的普通食物，在廿八都人的心中，它早已不仅是一种食物，而是被保存在岁月之中的生活记忆，永远难以忘怀。

廿八都豆腐手工作坊有七八家，其中谢玉洪家产量最多，谢玉洪已经六十多岁了，经营豆腐已二十多年，为了保护廿八都豆腐，还注册了"玉宏"商标。每天下午五点开始到凌晨做好豆腐，第二天一早就通过空运或货运到北京、上海、杭州等大都市，冬季的销量每天达一点五吨之多。廿八都豆腐美名远扬，衢州等地菜市场频繁出现假冒豆腐，谢玉洪还得经常忙着打假。其实吃过正宗廿八都豆腐的人都能辨别出来：廿八都豆腐有淡淡的烟熏味，表面颜色会偏黄些，仿制的因掺了米粉颜色偏白；廿八都豆腐闻起来就有豆香味；另外廿八都豆腐韧性好，不容易碎，不像一般豆腐，放锅里一铲就碎了。

据说，只有在廿八都才能吃到地道的风炉豆腐仔，卖到外地的豆腐都增加了硬度，即使是正宗的廿八都豆腐，同样的风炉仔同样的炭火，也炖不出地道的味道来，因为水不是廿八都的水。

安静的古镇，天色暗下来，满街开始飘散豆腐香味儿。几个老友围坐在古街老房的桌子上，烫红的木火，粗糙的陶锅，豆腐在翻滚的白汤间跃动，阵阵热气袅袅而上，暖一壶当地的米酒，乍暖还寒时，屋内有老友有米酒有豆腐，人生温暖如此，夫复何求？

走千年古道寻霞客足迹

祝维安

被称为"千古奇人"的著名地理学家、旅行家、文学家徐霞客,三游江山。在江山大地上留下了宝贵的足迹、更是留下了诸多脍炙人口的墨宝。

立秋已过,天气转凉,市作协组织了部分会员"走千年古道、寻霞客踪迹"的"霞客遗踪,诗路江山"采风活动。

我们从江山城里出发,第一站便是"闽行者自此舍舟而陆,浙行者舍陆而舟"的浙西最大的古商埠——清湖码头。

清湖,距城一十五里地,傍山依水。随着经济、社会不断发展,现今的清湖已具现代化,高楼林立,市场繁华,人丁兴旺。

我们首先来到清溪边,数米高的溪塍,宽阔的江面,清澈的江水,川流不息奔向东海。

当地的元老介绍:这是小三爿石,下面便是惊奇的小江郎。与"三峰——青如削"的江郎山相对而立,人们称之为小江郎。我们没有看到处在水潭中的小江郎,听他惟妙惟肖的介绍,惊叹大自然的鬼斧神工!元老指着古码头遗迹继续说道:从这里开始自下而上千米之余,足有十七个码头。分别为不同的货物码头和客运码头。我们站在的就是客运主码头。人们从这里上下船,经"清溪锁钥"的门亭,进入到古街。当年,霞客老先生就是从这里舍舟登陆。元老边说边走上一爿伸至水中又被水冲刷得干干净净的巨石上,当年徐霞客寻找小江郎后就是坐在这巨石上,遥望着江舟,和人聊着话。

真的！有《徐霞客游记》佐证：过江山，抵青湖，乃舍舟登陆。循溪觅胜，得石崖于北渚，崖临回澜，登潭漱其址，隙缀茂树，石色青碧，森森有芙蓉出水态。僧结槛依之，颇觉幽胜。余踞坐石上，有刘对予者，一见如故，因为余言："江山北二十里有左坑，岩石奇诡，探幽之屐，不可不一过。"

看到这里，我的眼前仿佛出现千帆停靠，繁华的码头人来人往：码头工人在忙忙碌碌地装货卸货；背着行李的旅客在上船下船；徐大文学家坐在巨石上悠闲地和人聊着话。

如今，先人们踩踏的古码头石级清晰可见。我们上了古老的石台阶，沿着徐先生的足迹，穿过门亭，在整洁的古街上前往下一站。

汽车经205国道，进入保安路口，便驶入保安乡道。转过大弯，展现眼前的四周是山，中间一大盆地。左边大山高而险峻，给人一种威严的感觉。有风水先生认为：这里的地理环境，在民国时期孕育了褒贬不一的名人戴笠。我们在名人的老家做短暂参访后，又在文物古迹的慕仙桥停留，便在乡食堂午餐。

午饭后，我们做了如临战前的精心准备，也是这次活动的重点之重点，翻越仙霞关。

仙霞关位于逶迤东南的仙霞岭山脉，集古树修竹、奇峰怪石、飞瀑流泉、幽洞深潭等自然景观于一身，冲天大将军黄巢开辟的仙霞古道，素有"东南锁匙、八闽咽喉"之说，历来为兵家必争之地，与剑门关、函谷关、雁门关并称中国四大古关口。

古道两旁竹林繁茂，古树参天，石磴青苔斑碧。我们在蜿蜒的古道上穿行。不多时，就到达第一关。据相关资料介绍：仙霞第一关，关门雄伟，用条石建成。设有双重大门，门为拱券顶。关墙厚三米余，高五点五米，长六十米，关门两边便是高山。有"一夫当关，万夫莫开"之险要。据史料记载：1942年8月，侵华日军大举进犯福建，在飞机大炮的疯狂扫射中，六千多日军妄图攻克仙霞关，中国军队利用仙霞关的有利地形和战略决策，打败日军一次又一次进攻。打死日军无数，余下的日军狼狈逃窜。

我们在欣赏了这雄伟的第一关，留下宝贵的"光辉形象"。便开始一步一步地登上石级。虽然在陡峭的石级上攀登，个个累得气喘吁吁、汗流浃背。但还是兴高采烈地谈论着、想象着当年霞客文豪路过此时的感怀。他在哪一块石头上作一小憩？除徐霞客外，还有哪些文豪在此留下足迹？

一路畅想一路歌！把攀越仙霞高山的辛劳也忘得一干二净。不知不觉，已经过了两个多小时，先后路过一关的松风亭、"东南锁钥"石碑、双宝树、浣霞池、天雨庵、黄巢石像等。二关的甘泉、霞岭亭、率性斋遗址。三关古碉堡遗址。四关的福口亭。

坐在仙霞关最高的山冈上，我思绪万千：我们的先人大智慧，大眼界，在当时的特定条件下，能够充分利用这地形地势，为抗击外来侵略，做出了极大的贡献，又为后人留下了一笔宝贵的财富。

过了仙霞关，来到龙井村口。天好像看着我们已经到了可以避雨的地方，就下起了大雨。正好，我们可以在村里做短暂休息。经几十分钟的体力和食物的补充，精神倍增，前往称之为"遗落在大山里的梦"的廿八都。

到了廿八都，下榻旅馆，开始养精蓄锐，为下一回战斗提供强有力保证。

第二天早餐后，驱车到了浙江与福建，仙霞山脉与武夷山脉接合部的浮盖山下，江山所属的坚强村。准备登浮盖山。

浮盖山，又名盖仙山，是浙江仙霞山脉和福建武夷山脉的结合部。地处浙江江山的南部与福建浦城的北部，山顶主峰海拔达到一千一百四十六米，有形态各异的顽石星罗棋布。峰顶由巨石累叠而成，下者如盘，上者如盖。徐大文豪在游览后赞叹道："怪石拿云，飞霞削翠。"

在坚强村干部带领下，又驱车到浮盖的半山。由于山高路陡，我们下车徒步登上位于群山环抱、坐落在浮盖山半山腰的里山寺。

《徐霞客游记》中写道："又五里，大石磊落，棋置星罗，松竹与石争隙，已入胜地，竹深石转，中峙一庵，即白花岩也。僧指其后山绝顶，峦石甚奇。庵之右冈环转而左，为里山庵。"

寺庙历经沧桑，几经更址修复，成了现在里山寺。寺庙占地六百七十六平方米，全为木质结构的泥墙瓦屋。屋内阁楼精雕细刻，整房分上下左右四堂，中间为天井，附有禅房、僧舍、厨房、物间等。

寺庙供奉观音、如来等多达十六尊。在民间最具影响力的是尊翁大佛。据传：当年，翁氏兄弟五个，个个武功了得，神通广大。其中老四翁克清，医术神明，专治疑难病症，并长住寺庙。方圆数百里，有患者前来求助，他有求必应，药到病除。后人们为纪念他，把他尊为大佛，供后人参拜。我们为他的善举而感动，在他的塑像前也鞠躬跪拜！

是的。当年的徐大文豪在游览浮盖山时，在寺庙足足住了三天，写出流芳百世的千古杰作《游浮盖山记》，而后去九牧下浦城。

这次走古道活动的最后一站，也就是到这里画上句号。徐老先生，我们"不送"了。

我们在观赏里山寺后，便沿着当年霞客走过的古道往回走。古道像害羞似的，隐隐约约躲藏在茂密的竹海和松树林的草丛中，蜿蜒曲折。步出竹海和松树林，便是层层梯田，勤劳的当地村民，在梯田上种植了水稻蔬菜等纯绿色作物。田边丝瓜、冬瓜，还有一些不知名的野草野花，正竞相开放。梯田之下，小溪流水潺潺，经几座泥墙瓦屋门前，穿过田园，流向大河。

回到山下，临近中午，我回首张望：郁郁葱葱的大山，峰峦叠嶂；层层梯田，绿油油的庄稼夹杂着朵朵五颜六色的花；潺潺小溪旁那几座零星的土屋上空升起几缕炊烟。啊！这不就是一幅山水、田野、农家的美丽图画吗！

迟日江山丽，春风花草香。江山如画！江山如此多娇！愿更多的李霞客、王霞客、赵霞客来江山走走千年古道，观光美丽富饶的大好河山！留下更多更美的篇章！

慕仙桥

朱黎华

　　保安乡位于江山市南端仙霞山脉，东南连廿八都，西接广丰，北靠峡口。徐霞客第三次来江山时经过保安，这次我们去仙霞关，到了保安的慕仙桥打卡。

　　曾听说保安有一棵网红古松，耸立于慕仙桥头西侧，与桥下的流水相映成趣，此松可与黄山迎客松媲美，拥有无数"松粉"，默默无闻的慕仙桥因有古松的衬托，也成了网红。我曾慕名来到慕仙桥，探访百年古松，遗憾的是我见到的居然是古松最后的遗容，它因患线虫病（相当于人类的癌症），树身已经枯死，所见的古松虽然不再青翠，红褐色的松叶像被火烤过一样，却依旧昂首挺立，一如照片中的伟岸，可谓是"虎死威仍在"。为杜绝线虫病的传播，不久之后，古松的"遗体"被送去"火化"，从此销声匿迹。

　　慕仙桥并非是羡慕神仙之意，根据立在桥头的碑记记载，这里曾有一石桥因年久坍塌，在民国时期，由戴笠的堂哥戴志南发起募捐重建石桥。戴志南早年去日本求学时，结识了当时在东京的孙中山（字逸仙），并加入同盟会，因其仰慕、敬佩孙中山之故，特将此桥取为慕仙桥。

　　慕仙桥是一座西南走向，长十米左右的单孔石拱桥，桥面上没有护栏，一头与民房相邻，一头连接田野。桥身的石头缝里长满了野草，弯如新月的桥孔绿藤翠蔓轻垂，沧桑中蕴含一种遗世独立、超然物外之美。

桥还是那桥，只是没有古松陪伴的慕仙桥，缺失了那种彼此相依的隽永意境。水还是那水，只是缺少了古松的映衬，少了几分雅致韵味。尽管在古松原来的位置上已种植了一棵樟树，但因其树小叶稀，略显单薄之感，不禁让人越发怀念那棵枝繁叶茂的古松了。由此感悟：很多时候，有些人或景只有失去了才明白其珍贵。这句话千真万确！好花不常开，好景不常在，也是亘古不变的真理。如何去好好珍惜，善待身边的人和物呢？值得思量。亦愿那棵新栽的樟树日后也长成葳蕤大树，生机盎然，与慕仙桥相得益彰。

带着些许遗憾告别了慕仙桥，来到一座占地近千平方米，有三开间二进一大天井加两侧五开间二天井的古宅，虽然房屋年久失修，无人居住，破败不堪，室内阴暗，地面潮湿，野草青青，但其布局之大，房间之多，结构之精，颇具清代遗风的特色造型，无不彰显出一股富贵不凡之气，隐约可见当年这户人家的风光非同一般。这到底是什么人家？原来这是赫赫有名的国民政府军事委员会调查统计局副局长戴笠祖居。很多人游览了神秘莫测、明梯暗道、机关重重的戴笠故居，却错过观赏慕仙桥和戴笠祖居。

蔡襄仙霞古道留踪

王石良

近读蒋维锬编著的《蔡襄年谱》，发现蔡襄曾多次取道仙霞古道，来往于家乡福建和仕宦之地，并留下多首佳作。蔡襄（1012—1067），字君谟，北宋著名政治家、书法家、文学家和茶学家，先后担任泉州知府、杭州知府，去世后追赠吏部侍郎等。为官清正，精明强干，所到之处多有政声。

1050年11月，三十八岁的蔡襄结束丁忧，偕妻儿老小，前往京城开封。1051年1月，自福建浦城渔梁驿进入江山廿八都。时天降大雪，蔡襄一行顶风冒雪，走仙霞古道直达衢州，途中写下了一首五言古诗《自渔梁驿至衢州大雪有怀》。

"大雪迷空野，征人尚远行。乾坤初一色，昼夜忽通明。有物皆迁白，无尘顿觉清。只看流水在，却喜乱山平。逐絮飘飘起，投花点点轻。玉楼天上出，银阙海中生。舞极摇溶态，闻余淅沥声。"诗歌前半部分运用比喻、夸张、拟人等手法，描写了仙霞岭上天地一色、雪野莽莽的景象。雪中行路，路阻且长，蔡襄陶醉于雪景，丝毫没有四顾茫然的悲凉。

"客垆何暇暖，官酤未能醒。薄吹消春冻，新阳破晓晴。更登分界岭，南望不胜情。"后半部分写事。驿站里有火炉，地方官时有宴请；天气不好，心情不错。时序已进入春天，春风即将吹化千里冰封，暖阳也将驱散满天阴霾。站在闽浙交界枫岭关上，蔡襄乡愁如梦，惆怅而又甜蜜。蔡襄少年得志，中年一帆风顺。这一回结束居丧守制，正跃跃欲试，要在新岗位上一展抱负。

如果说《自渔梁驿至衢州大雪有怀》写出了中年蔡襄的豪情，《过泗州岭》则表现了蔡襄丧子失偶带来的沉重悲伤。1055年3月，蔡襄调任泉州知府的途中，十八岁的长子蔡匀在河南商丘因急病遽然去世。同年12月，夫人葛氏又因哀伤过度，病逝于衢州。长歌当哭，蔡襄创作了《过泗州岭》一诗。诗前有小序："衢州道中。是年冬十二月，室家永嘉郡君葛氏亡逝。"

序中"室家"即爱妻葛清源，江苏江阴人。结婚二十五年来，只回过三回娘家，却从无怨言。她端庄贤淑，勤劳善良，1052年被诏封为"永嘉郡君"。悲愤出文豪，苦难出诗人。寒冬黑夜，蔡襄睹旧物而思伊人，悲从中来，乃挥毫泼墨，写下了五律《过泗州岭》，字字都是血："二十五年间，三回共往还。那知临白首，相失向青山。想像音容在，侵寻鬓发斑。平生多善行，应不下尘寰。"

生命可以悲伤，但不能停止前进的脚步。蔡襄守护着儿子和妻子的灵柩，继续向家乡方向行进。翻过仙霞岭时，已是1056年农历正月初一，又是在福建浦城渔梁驿，蔡襄写了两首同题诗《丙申元日过浦城西阳岭》。

"曾侍天王玉几傍，卷帘袍色殿中央。重霄未彻宫悬乐，上宰初持万寿觞。"西阳岭，即仙霞岭。行进在绵延起伏的仙霞岭上，蔡襄悲痛中想起此前居庙堂之高，曾与欧阳修、范仲淹等名臣同朝，共商国是，累并快乐着。

"晓日半临幡影转，春风偏送佩声长。今朝千里穿云岭，喜奉亲舆返故乡。"而今扶柩南归，晨曦照着幡影，春风传送叮当作响的环佩之声，发现悲伤苦痛是人生的另一种美。而家乡已近在咫尺，压抑的心情也舒缓了一些。家乡也是一剂医治伤痛的良药吗？

相比于《丙申元日过浦城西阳岭》，《元日过浦城西阳岭》抒情更直接。"逝者东流水，情知无却回。迟留曾到处，嗟古不同来。谁道新年好风物，忍将泪眼向春开。"曾经的父慈子孝，曾经的恩恩爱爱，都像那东流水一去不复返了。但生活还要继续，你看，立春已过，桃红李白的美景又将燃烧在南国大地上，照亮每一双泪眼。

蔡襄的诗朴素清新，不事雕琢，有"清妙"之称，上面的这几首诗就很好地体现了这一点。

1066年10月，蔡襄九十二岁老母病逝于杭州，蔡襄扶柩归葬，最后一次走过仙霞岭，经过三衢大地，可惜没有留下诗文痕迹。1067年8月，蔡襄病逝于家中，享年五十六岁。著名文学家欧阳修为之作《墓志铭》，并千里迢迢派人奉祭文来祭奠。

蔡襄是著名茶学家，所作《茶录》一书，乃陆羽《茶经》之后又一部重要的茶叶专著。春天时节，仙霞岭上的茶园里闪动着采茶女忙碌的身影。知否知否，一千多年前的蔡襄也曾为她们而陶醉呢。

附：

自渔梁驿至衢州大雪有怀

大雪迷空野，征人尚远行。乾坤初一色，昼夜忽通明。
有物皆迁白，无尘顿觉清。只看流水在，却喜乱山平。
逐絮飘飘起，投花点点轻。玉楼天上出，银阙海中生。
舞极摇溶态，闻余渐沥声。客庐何暇暖，官酤未能醒。
薄吹消春冻，新阳破晓晴。更登分界岭，南望不胜情。

过泗州岭

二十五年间，三回共往还。那知临白首，相失向青山。
想像音容在，侵寻鬓发斑。平生多善行，应不下尘寰。

丙申元日过浦城西阳岭

曾侍天王玉几傍，卷帘袍色殿中央。
重霄未彻宫县乐，上宰初持万寿觞。
晓日半临幡影转，春风偏送佩声长。
今朝千里穿云岭，喜奉亲舆返故乡。

元日过浦城西阳岭

逝者东流水,情知无却回。迟留曾到处,嗟古不同来。谁道新年好风物,忍将泪眼向春开。

一座"因路而兴"的"边城"

方 志

廿八都,地处仙霞山脉的西南部,最高峰大龙岗海拔一千五百零三米,最低的是古溪自然村,海拔仅有二百一十米,近一千三百米的海拔落差,使得廿八都成了一个"山的围城"。又因廿八都距离江山市将近七十公里,所以她又成了江山市名副其实的"边城"。

唐朝末年,朝廷吏治昏暗,走投无路的百姓聚集在一起,反抗朝廷。出生于山东曹州冤句(今山东菏泽西南)一个盐商家庭的黄巢在兄侄八人的配合下,响应当时的农民起义领导人王仙芝的号召,于乾符二年(875)二月,率军攻陷郓州,杀死节度使薛崇。乾符五年(878)王仙芝死,大家力推黄巢为主,号称"冲天大将军",改元王霸。黄巢起义军势如破竹,破饶州、信州、歙州之后,转战浙江,并由浙江进入福建。

为了能够更快地从浙江进入福建,缩短自己的后勤供应线,黄巢率领起义军在浙江和福建之间的崇山峻岭之间开辟了一条行军道,这就是流传至今的仙霞古道。而廿八都位于仙霞古道的边上,地势较为平坦,也就自然成了当时屯兵扎营的最佳之选。有了这条"兵道",浙江和福建之间的交通便捷了许多,在古道上经过的人越来越多,有兵家,更有商家。

一页繁华一页寂,繁华何起,寂寥何因。仙霞古道打通了南北货物交通、兵家交通的壁垒,成为南北交通货运一个极其重要的连接点和中转站,重要性开始凸显。尤其是连接海上的贸易,成了当时"海上丝绸之路"不可或缺的重要一环。在《读史方舆纪要》这本书中这样记载："凡浙入闽者，由清湖舍舟登陆，连延曲折逾岭而南至浦城县城，西复舍陆登舟以达闽海。中间二百余里，皆谓之仙霞岭路。"《浦城县志》中也有相应的记载："两晋到隋唐，江河航道逐渐开发，中原入闽路线多经运河达钱塘（江），溯须江（江山港）到江山，逾仙霞岭入闽。……仅仙霞岭前后一百公里需要陆行，其余路程皆有舟楫可乘，这条路逐渐成福州经建瓯、浦城，逾仙霞岭北上中原的主要大道，进京士、商多乐走此路。……宋代以来，经浦城至仙霞关之路，也是福建物资出入中原的主要通道。"

廿八都"因路而兴运，缘运而聚商，倚商而成市"。逐渐由兵家必争之地，发展成为三省交界处的军事、商业重镇。也正因为如此，仙霞岭山道使得国内各地商旅汇集于廿八都这个地方，使得廿八都成为古代最为繁忙的商路古道之一。据记载，晚清至民国初期，廿八都附近有商店一百六十余家，有饭店、旅店、纸行、绸布庄等，日行肩夫，夜歇客商，富足热闹了上百年之久。

其中，所谓的"日行肩夫"，即挑夫。这些挑夫俗称"挑浦城担"，顾名思义，就是他们从浦城将货物挑到江山县城装船，然后返回的时候再从江山县城挑差不多重量的货物到浦城，同样是装船。在这个过程中，这些挑夫充当着"过度货运"的角色。因为仙霞古道，车马通行不便，绝大多数的货物都需要通过挑夫的肩膀来运输。在清朝时期，江山县城有大木船三百多艘，竹筏一百多条，它们每天所吞吐的货物，绝大部分都靠挑夫肩上的扁担运送至浦城以及周边的地方。廿八都是这些挑夫每天行程中间唯一合适宿营的地方。一到黄昏，夕阳西斜之时，廿八都就开始变得热闹起来，无论是饭店旅馆，还是普通的豆腐酒店，常人满为患，堪比京城。

姜志深老人说："当时这条路非常繁华，一条街五六十家饭店，一般到下午四五点钟就全部住满，路过廿八都的客商一般都会留下休息，因为不可错过，否则就会陷入'前不着村后不着店'的尴尬境地，不仅要走好远的路才有店住，而且当时的廿八都仙霞岭这一带都是深山老林，还有老虎、豹子一类的猛兽出现。如果有人落单，很容易受到攻击。晚上在廿八都休息的，基本上都是通铺，头对头，脚对脚，一个房间里，除了中间一条过道，两边的床板上都住满了人。那个时候洋货店、布匹店、香烟店、桐子、茶籽、蜡纸、土纸等，所有商铺的生意都非常好！"

繁华参透了，衰落其实就不难解。1930 年，廿八都当地的几个乡绅为了自己货运方便，集资修建了江浦公路，开始组织车辆货运，挑夫式货运慢慢减少。后来，蒋介石为了达到快速"剿共"的目的，主张扩建江浦公路，以便军队物资的运输，廿八都的热度开始慢慢降低，仙霞岭回归它的山高地僻。而地处其间的廿八都、浔里老街也自然就"冷"了下来。

1945 年，日本无条件投降，浙赣铁路和江浦公路再次通车，廿八都仙霞岭的货运更加冷清了。1949 年 5 月 12 日，廿八都获得解放，人民政府开始组织恢复社会秩序，进行土地改革，农民有了自己的土地，不少人开始回归到自己的家乡，从事农业生产劳动，挑夫开始大量减少，廿八都的繁华开始冷却。1953 年以后，人民政府又实行统购统销，有了供销合作社，货物的运输、出售等事情都由政府统一来安排，这条路才变得彻底清冷。到了 80 年代后期，大家都在种田，种得多了后才开始有了货郎担子，摆地摊。可即便如此，廿八都依然难以达到当年的繁华盛况。

廿八都，一座"因路而兴"的"边城"，在长达几百年的时间里，承担着南下北上货运通道的神圣职责。在这喧闹人群的背后，廿八都看到了朝代的变迁，也见识了科学生产力的发展，更看到了党和政府领导下人民物质生活水平的稳步提升，真正给人们带来了幸福富足的生活。廿八都的兴衰，是一个旧时代的落寞，更是一个新时代的诞生。

仙霞深处扬绿波

祝龙光

近年来，江山仙霞岭省级自然保护区的白鹇、藏酋猴、黄腹角雉、小麂、中华鬣羚等野生动物，频频在中央电视台一套《秘境之眼》上亮相。仅 2020 年 12 月，一个月内便播出了好多次。每当看到这些画面，我的心中便会涌起一份欣喜与激动，情不自禁地为家乡秀美的山川叫好，为仙霞山脉深处蕴藏着丰富的珍贵野生动植物而骄傲。

说起仙霞岭，人们自然想起了历史上许多兵家争战的故事，想起陈毅元帅《过太行山书怀》中"武夷品新茶，仙霞曾游击"的诗句来。陈毅虽然没有率部亲临仙霞岭，但他作为浴血井冈山的著名红军将领，主力红军长征后曾留在武夷山脉一带打游击，自然熟悉罗霄山脉、武夷山脉、仙霞山脉的紧密联系，知晓红军先遣队、挺进师戎马仙霞的光辉历史，以及闽北党组织与江山的渊源。然而，这红色的仙霞岭，绿色的生命与武夷山也是紧紧连在一起的。地处江山最南端，与福建交界的仙霞岭自然保护区，其生物的多样性保护，属于武夷山优先保护区域的重要组成部分，也是浙闽赣交界地中多样性保护的关键地区。保护意义极为深远，保护价值弥足珍贵。

珍贵的野生动植物资源，是大自然馈赠的瑰宝。据调查统计，仙霞岭自然保护区内有植物千余种，其中有国家一级重点保护的伯乐树和南方红豆杉，二级重点保护的达十种；还有浙江省重点保护的树种十三种。伯乐树被称为植物中的龙凤，蕴藏着遗传密码。2010 年左右，在大龙岗发现了七棵伯乐树，不久便在大龙岗、野猪浆林区建立了"江山市伯乐树原生地种质资源保护小区"。2018 年以来，自然保护区区域发现伯乐树种群二百多棵，是浙江省内最集中的分布区，也是全国分布北缘发现的最大种群之一。野猪浆至龙井坑一带千余公顷的天然次生林，成为仙霞岭区域周边保存最完整、最典型的中亚热带常绿阔叶林。野生动物资源，有哺乳类、鸟类、爬行类、两栖类、鱼类等，其中国家一级重点保护的有云豹、金钱豹、黑麂、白颈长尾雉和黄腹角雉，二级重点保护的达十九种；浙江省重点保护的动物资源十二种。天上飞的，山上跑的，树上跳的，地上爬的，水里游的，可谓物种丰富。

无论是野生植物的生长繁盛，还是野生动物的繁衍生息，都离不开良好的生态环境。仙霞岭自然保护区近七千公顷的土地，层峦叠嶂，林海茫茫，溪流纵横，山泉叮咚，随着水库移民和下山脱贫，更是成了一方不可多得的净土。登上海拔一千五百余米的金衢第一高峰大龙岗，极目远眺，远山近岭尽收眼底，那一座座高低错落的山峰，耸立于仙霞岭深处，山林苍翠欲滴，满坡绿色涌动，美不胜收，令人陶醉。

据统计，大山深处有千米以上山峰二十八处，它们簇拥于雄冠金衢之巅的大龙岗周围，似一道道绿色的屏障屹立着，一年四季花盛开，春夏秋冬景不同，给人以美的享受。山水相依，是保护区内的又一特色。那数不清的山涧小溪，水声汩汩，川流不息，像一条条银色的纽带串起一座座高山。每逢雨季，山上积水飞流直下，形成了一条条天然瀑布，水声轰鸣，蔚为壮观。境域的周村溪，为钱江水系支流，也是江山人民母亲河江山港的最大源头，长达二十五公里，流域面积一百二十三平方公里。白水坑水库建成后，周村溪清澈的溪水，还有那山涧的涓涓细流，汇入水库，造福了下游百姓。一望无际的翠绿山峦，奔流不竭的银波碧水，无疑是植物生长的最佳乐土，也是动物栖息的美丽家园。

对于仙霞岭省级自然保护区的范围，我并不陌生。20 世纪 80 年代，为了征集红军北上抗日先遣队和红军挺进师的史料，为了查清中共江（山）浦（城）县委及下属支部的活动史实，为了报批周村、双溪口两个土地革命战争时期的老区乡，我们曾一次又一次踏上这方热土，在享受绿色环境和清新空气中寻找红色的印记，在接受红色洗礼中感受自然的无穷魅力。1934年9月12日，肩负北上抗日重任的红七军团从安民关抵达东坑口、周村一带宿营，宣传发动群众，播下革命火种，东坑口溪旁民房泥墙上"取消保甲制度"的红军标语至今仍十分清晰。翌年3月23日，由粟裕任师长、刘英为政委的红军挺进师进入浙江，第一站便抵达这里，从此留下二纵队，以大龙岗为依托，转战江（山）遂（昌）浦（城）边境，开展了艰苦卓绝的三年游击战争。红军在这里声东击西，浴血奋战，创立了可歌可泣的战斗业绩；发展党员，壮大组织，成立了县委和洪岩顶（2020年经江山市批复同意更名为"红岩顶"）、东家山、东积尾、黄排、周村、龙井坑、内东坑等党支部，孕育了彪炳史册的"洪岩顶精神"；红军遵纪爱民，秋毫无犯，百姓信赖红军，支援红军，大龙岗下的无数"红军棚""联络站"，中国人民革命军事博物馆陈列的"花麻毯"，江山博物馆珍藏的"马灯"，无不见证着红军与人民鱼水相依、生死与共的历史。粟裕将军曾高度评价："当年来自仙霞岭的革命霞光，映照得浙西南一片火红！"如今，中共江（山）浦（城）县委遗址洪岩顶和长眠于此的红军烈士肖国标墓地，已成为人们缅怀历史、弘扬传统、砥砺前行的教育基地。红色与绿色在这里交相辉映，生态文明和红色文化的教育传承相得益彰，正发挥着重要的作用。

人与自然和谐相处的环境，来之不易。它不是天上掉下来的，凝聚着几代人的努力坚守和创造。远的不说，就在近三十年来，江山在保护野生动植物资源方面，便采取了不少举措。古树名木的普查、挂牌和保护措施的出台，野生动物保护宣传月和"爱鸟周"宣传的开展，一次次专项的执法检查与案件查处，使人们的保护意识不断增强。1995年10月，围绕着龙井坑六千五百亩原始次森林的保护，市林业部门发出了《救救这块"绿色宝地"》的呼吁。此信息在浙江《农村信息报》刊发后，又先后被《华东信息报》和上海《报刊文摘》转发，引起了较大的反响。江山市仙霞岭省级自然保护区管理局自2018年成立挂牌以来，自然保护区的保护管理，更是有了坚实的组织保障。

在很短时间内，他们不仅卓有成效地开展了国家和省"绿盾"专项行动检查，成功进行了仙霞岭国家保护区的创建，完成了保护区内十余万亩集体林山场租赁合同的签订，按国家标准进行关键点位的勘界立碑和区内的"天眼"安装，建成科普游步道和生态科普走廊，开展了多彩仙霞岭摄影大赛和保护区知识竞赛；而且与浙江大学和省林业科研部门合作、启动新一轮的综合科考活动，在"新华网""浙江新闻网"等媒体上开展每周一期的"仙霞岭之最"的科普宣传，管理站的规范化建设得到加强，自主开展的野外监测取得了成效。更令人欣喜的是，管理局干部员工不忘初心、牢记使命，艰苦创业，奋发有为，正在以习近平总书记"绿水青山就是金山银山"理念的指引下，描绘新蓝图，迈出新步伐，为续写新的绿色篇章而奋斗！

石鼓千年香榧树

周辉芬

保安这个地方离江山市区有百里之遥，坐落在崇山峻岭中，深藏不露，但它的名声却传遍五湖四海。其一是因为地势险要，历来是兵家必争之地，因之留下了仙霞雄关，千年古道等名胜古迹。其二是在抗战期间，出了一位叱咤风云的枭雄戴笠，虽然他已去世几十年，但他在老百姓心中的形象至今没有褪色，电影电视上更是经常出现他的身影，千秋功罪任由后人评说。这也大大增加了保安乡的知名度。

不过提起保安石鼓香溪古榧笼翠，知道的人士就不多了。但它却常常在我心中时隐时现，尤其是风雨之夜，寂寞之时我眼前就会出现这样一道天造地设，尚未遭到人类污染和破坏的自然风景，它有一种难以言说的神秘感，使我悠然神往，常生思念之情。

乙未年槐序之月，乡村美丽又多情。久雨初晴的天色，似嗔似喜。草木葳蕤而深秀，山川静美如处子。这是出门旅行采风的良辰吉日。镇海江山两地文友携手同游保安乡仙霞关，我得以随之，心中深以承蒙不弃为喜。

我第一次陪同客人上仙霞关是1994年5月21日，光阴倏忽二十年过去了。当年能冒着风雨，撑着雨伞在这条古道上跑上跑下，而不知疲倦。斗转星移，今日之我已两鬓发如霜，我还没有爬到二关就坐在关帝庙前歇脚停步不前。这倒不是真的走不动了，而是有意留下一些脚力，如果有时间的话，再去拜望一次石鼓香溪腹地的千年香榧树。

当文友们断断续续地从仙霞关上下来之后，又驱车去保安东面的石鼓香溪晚餐。其地又名石鼓国家森林公园，这一带地方自然条件优越，野生古树名木也喜欢在此地落脚生根，而且寿命特长，种类很多。诸如黄檀、木荷、红果钓樟、铁冬青、南方红豆杉等等，少则百余年，多则高寿上千年。但香榧仅有一棵，不知它究竟生于何年何月，也不知经历过几度春夏秋冬。

车把我们送到"石鼓人家饭店"，已是炊烟袅袅的傍晚了。大多数文友都坐在青竹碧蔓如屏障的溪流边赏景闲谈。我却心中惦念香榧树，但我一个人却无胆量走进峡谷的深处。此时天色平和而明朗，无喜无忧，时近下午五时，深谷中人迹已杳，景区已不收门票。

幸有文友童清兄与我做伴，沿着小石砌成的幽径走去。这条山石路显然是前几年才修建的，但古朴简约，与周围风光浑然一体，沿路有碗口粗大、傲然挺立的翠竹修篁，以及各种不知其名的树木参差披拂。树枝头的鸟鸣声与溪流的奔腾声相交融，这大自然演奏的音乐无谱无曲但撼人心魄，石径沿山峡拐了一个弯，就有一条溪流挡住去路，溪流中排列着约尺许见方的山石。石磴之间相隔均匀，颇像灰褐色的凫鹭小龟列队而行。

童清兄对我说：前几天他曾陪同友人来到此处，由于当时刚下过大雨，溪水漫过石磴，所以没能走过河去。此峡谷长达二十里，峡谷两边山冈逶迤，忽高忽低；中间溪流曲折蜿蜒，或宽或窄；而且山谷中有巨石磊落，形状奇特。据《霞辉保安》介绍此景区中有一庙三涧、四梁十景、十二汀步，而且每道汀步各有美名。其名曰：冷翠、凝香、平湍、清风、碎月等等。如此风雅的芳名，不免让人想起《红楼梦》中石磴穿云的"蓼汀花溆"。

如果是晴天，此时此际也该是"万壑有声含晚籁，数峰无语立斜阳"了。在这个没有人烟的幽谷里，我和童清两人是绝不敢再往前走的。正在我踌躇不前的时候，后面一个年轻小伙子健步如飞地赶过来，原来是保安乡文化干部小周，这使我顿时勇气倍增。于是小周在前，我紧随其后。当走到第三道溪流汀步的时候，我有点心慌，双腿似乎站立不稳。于是小周在前边拉我，童清兄在后面扶我，一步一步地走过河去。我与这两位同道是初次相识，但让我觉得真是可亲可靠。其实走这种汀步，只要内心不慌张，一步步把脚跟立稳，是不会踩空摔倒掉下水去的。如果水面低于石磴，那溪水一般是极清浅的。水底的沙石和游鱼都可看得清清楚楚。我们沿着弯弯曲曲的小石径，先后跨过六道汀步。最后终于见到思慕已久的大榧树和它边上的龙王庙。

这棵千年香榧树矗立在一个小土墩上。底部就像圆形的打谷大桶一般巨大。苍老遒劲的枝干向上下左右四面八方展开，披针状的树枝上都挂着红飘带，像身穿大红衣服的老祖宗。可以看出人们对它的喜爱和祈盼。小周连忙跑上去站在树下仔细观察亲热抚摸。童清兄则去看边上的龙王庙。

这棵古树所以吸引我的其实是一种精神的召唤。我认为它才是香溪的主人，因之我对它怀有莫名的敬畏心。它不像那些年富力强奋发向上的青松翠竹，如同北京天安门前的仪仗队一样充满庄严与力量。古老的大树有许多枝条是向下倾斜的，就像一位长寿的老人弯腰屈背。它的高度在于它的智慧与内涵，在于它无可名状的性格特征，虽然它历尽沧桑，但独一无二的雄姿态足以让人震撼，它年轮的顽强记忆中还保留着历史长河中的无数秘密更令人好奇。它虽沉默不语，但能感受到它身上蕴藏着巨大的生命力，我认为，他是真正的石鼓之神。

面对这个孤独长寿的巨人，我心中怀有无数的疑团：它从何而来，它何年何月在此落脚？它为何没有兄弟姐妹仅孤身一人？它平生遇到过多少惊涛骇浪？它如何面对无数的劫难？它为何没有惨遭人类的毒手？……简言之，它能在此处生存一千年实属异数。究竟是苍天的垂爱，神灵的保佑？还是无意识中的幸运者？

我第一次见到它是在十年前的春天，自此耿耿不能相忘。当时山谷中人迹罕至，只见清溪奔流，如飞雪溅珠，令人心惊目眩。两岸芳草萋迷，山花怒放。杜鹃花满山遍野灼灼其华，一棵千年古榧树独立其中，参天覆地，真是白发皓首伴红颜，佳人无数，其乐融融不问可知矣。

按林业局提供的检测数据推算，这位老祖问世于北宋真宗、仁宗年代，与中国历史上的文化巨星东坡先生不约而同来到人间，先生有一首关于榧子的诗："彼美玉山果，粲为金盘实。瘴雾脱蛮溪，清樽奉佳客。……祝君如此果，德膏以自泽。……愿君如此木，凛凛傲霜雪。……"从诗中看，当时香榧树以玉山为最出名，先生对香榧评价很高，它不仅味美，而且德厚性洁，可见在宋代香榧也是很珍贵的。玉山本与江山交界，有一部分土地还是从江山划过去的。

据初版于新中国成立前的《花经》中说：榧产浙东一带，盛栽于山野之中，惜浙省产额有限，仅供本省人士之需，尚不足以远销外省也。东坡先生曾在杭州、湖州一带做行政长官，所以对浙江风物非常了解，对名贵香榧知之颇深。但在《金瓶梅》中，西门庆与群帮闲饮酒行令之时，也讲了一个关于香榧的笑话。《金瓶梅》是写山东清河一带的故事。从中可知明代山东的果子铺里就有干果炒榧出售。

在世界上有香榧、米榧、圆榧、芝麻榧等几个品种，而以香榧最为名贵。只产于我国的浙江、安徽、江西、福建等省，而以浙江为其栽培中心。但为何长长的峡谷中仅存一棵榧树呢？这大概与它恰好落脚在清流幽谷间一块隆起的坡地上有关，此地凉爽而多雾，这个地形非常利于它的成长。虽然它耐寒，寿命长，但要从一粒渺小的种子成为一棵寿命高达千年的大树，气候、环境条件还是非常重要的，另外还要远离尘嚣，不受到天灾人祸的伤害与砍伐。

榧树在《尔雅》中称为"柀子"，直到《说文解字》"榧"字还未出现。据《本草纲目》上说，榧子用处很多，常食治五痔，去三虫蛊毒、鬼疰恶毒。助筋骨，明目轻身……

小周抚摸着大树遗憾地对我说：可惜这棵树不能结果，所以只能称为榧树，而不是香榧。我想，如果它能结出丰硕的果实，大约就活不到今天了。榧树其材白色纹理甚美，且有香气，斐然彰彩，故谓之榧。榧树形体高大树枝优美，枝叶葱绿四季常春，是园林中理想的观赏树种。我想对小周说，无论它会不会结果，我们都可以称它为香榧树，据说石鼓香溪之名的"香"字，与这棵古树有关。像这棵参天大树一样，能在石鼓峡谷中茕茕独立，寂寞自守千年，我们人类确实是无法想象的。它定力非凡，静而不止，以不变应万变，让我望之浩叹自愧弗如，我认为他是有灵魂有感觉的，所以我视古榧为神明，己身为俗物。在精神境界上值得我顶礼膜拜。

静心思之，今日乃是农历四月四日，正是我到人世的第六十七个生日，人的精神是由文字流传下来的，人的生命是短促的，肉身是速朽的。我有幸在小周、童清二君的陪同下，特意在这暮色苍茫的傍晚踏蹬涉水六道，到此瞻仰千年古榧，是何其难得的巧合与缘分。

青青坡上榧,磊磊涧中石,
人生天地间,忽如远行客。
石鼓千年老祖香榧树,但愿我们下次能再见。

里山寺

郑欣丰

我的家乡浙江省江山市廿八都古镇,一个"遗落在大山里的梦"。金庸老先生在小说《笑傲江湖》第二十三章《伏击》中明确写到了浙江江山的廿八都,但书中把这个地处浙闽赣三省边界的古镇称为"廿八铺"。浮盖山,徐公霞客曾三次登临游览,位于廿八都以南往福建浦城方向五公里。浮盖山北麓是廿八都镇坚强村,从村委会出发有水泥村道,也有一条石砌古道通往浮盖山顶。位于浮盖山顶峰之下有个山势稍平缓的地带,就是坚强村里山自然村,以前有两个生产队(村民小组)二百多人在此生产生活。里山自然村再靠后往上一点的一片台地就坐落着绵延八百年香火的里山寺。

坐着车子,向车窗外望,但见远山在轻雾的迷蒙下,连绵起伏,高低错落,层层耸立,煞是壮观!山高路陡,随着海拔不断升高,心亦有种紧张的感觉。好在开车的师傅若无其事地一边开车,一边还给我们介绍风景和历史典故,我被他那种风轻云淡的气息所感染,便也不紧张了。反而被他介绍的故事所吸引,想一睹为快。

吹着山风,感受车内不时发出的欢笑声,看到路边已经有点泛红的山茶油果,和着翠竹摇曳的光影,我真是有点如痴如醉的味道。

已而到了一个小停车场,我们便下车了。这里的山势非常宽阔,可以三百六十度的环视远眺!江山如此多娇,大好河山,壮美山河,此情此景,不禁又会来一番感叹！词穷的缘故吧，不知怎么来形容，徐公说"其地东南有浮盖山，跨浙、闽、江西三省，衢、处、信、宁四府之境，危峙仙霞、犁岭间，为诸峰冠。枫岭西垂，毕岭东障，梨岭则其南案也；怪石拿云，飞霞削翠。余每南过小竿，北逾梨岭，遥瞻丰采，辄为神往"。又云"又五里，大石磊落，棋置星罗，松竹与石争隙，已入胜地，竹深石转，中峙一庵，即白花岩也。僧指其后山绝顶，峦石甚奇。庵之右冈环转而左，为里山庵"。此里山庵就是现在的里山寺，在清乾隆二十二年，公元1757年扩修，寺前有乾隆年间的碑刻为证。后又于1928年增扩了下堂，寺内有碑刻见证。1984年及近年又经过大修，才形成今日之所见的规制，总占地面积达六百多平方米。

从小停车场徒步走过一段有两米来宽三十度坡度以上且长一百五十米左右的石条砌台阶，直达里山寺，象征步步高升，步步顺意！台阶两旁翠竹遍布碧绿苍翠，黑黝黝的垒石巨岩，神态可掬，有的探头探脑，有的酣睡无息，有的巍然屹立。透过密密麻麻的绿竹竿，里面好像有一群石猴在休憩，很和谐，很甜蜜！

登上里山寺门前宽阔的平台，庞大的寺院高墙就扑面而来，让你惊奇，让你感叹！古人能在这样高的山巅建造这般规模的寺院，确实了不起啊，我都难以想象古人力气有多大！只可想象，不可体会啊！里山寺朝北，大门左边门埂西，就立着乾隆年间的大碑刻，右侧有棵很大的枣树，枝繁叶茂，果实累累！大门的正上方镶嵌着一块大砖雕，竖凸着里山寺三个大字，古朴端庄大气！

跨过寺门，又是一惊叹！简直是叹为观止，那雕梁画栋，那呈回字形布置的庙宇，真不敢相信在这里还能看到这么大规模的寺庙，心脏都充血了，激动啊！装作默不作声，在菩萨面前还是要虔诚地合起手来拜一拜，祈祷风调雨顺，岁岁平安！

里山寺内共大小神佛三十六尊，如观音菩萨、如来佛等，其中最具影响力的是翁克清，据说他专治瘟病，他们兄弟共五人，个个武功了得，神通广大，老四久驻里山寺，他叫翁克清，传说他专治百病，方圆几百里弟子前来求医，求药者，有求必应。本是凡人可修仙，普度众生功德满！百姓是善良的，能成仙成佛，一定是功莫大焉！

我在寺里绕了一圈，想体验一下徐公霞客当年来的样子，四百年前也是这样的阴雨天，徐公在浮盖山住了三天，把浮盖山游了个遍，并且留下了脍炙人口的游记。所幸我们今天没碰上下雨，天气不热，登山更适合。

　　大家自由闲聊了一会儿，我们便开始循下山的古道走了。不时地回望山峰隐隐云雾缭绕的里山寺，伴着同伴们争相与岩石、与美景拍照时发出的欢笑声，我慢慢地走下了山。偶见山坳里散落着几座土瓦房，袅袅炊烟升起，还有两头狗朝我犬吠。不时路旁泉水叮咚，小桥飞瀑，岸芷汀兰，梯田横卧，一幅幅原生态的乡村美景。

关山道长

毛谦义

关山锁雾、路远道长是步入仙霞古道的赞叹。

仙霞古道盘亘于仙霞山脉，穿越浙闽，从江山到浦城有一百二十多公里，它的历史可上溯到唐代乃至更遥远的年代，这条古道连接了钱江塘和闽江水系，是我国古代海上丝绸之路的重要陆上通道，商旅和文化意义影响至今。

一道走千年，在迤逦的仙霞古道上，既有凡夫俗子的足迹，也有达官显人的屐痕，更有文人墨客的萍踪，而徐霞客的足迹更是这条古道上足可耀眼的。

徐霞客是明代的地理学家、旅行家和文学家，他用三十年的时光行走山川大地，用六十余万字的游记记述其二十一个省市自治区的游历。

徐霞客才学敦厚，前人曾写《万卷楼记》记录徐家藏书楼："兹楼也，储川岳之精，泄鬼神之秘，究古今之奥，焕斗牛之缠，知不可以金谷、平泉视也。"徐霞客正是在这种博览群书、博采众长中积聚文学功力，并为他日后游记夯实基础的。

"读万卷书，行万里路"是徐霞客毕生的追求，但徐霞客深谙"父母在，不远游"的古训，坚守孝道，直至父亲辞世，还为父亲守孝三年。知儿莫如母，徐母最懂得霞客的心，为成全霞客远行的梦想，徐母为他做了远游冠，支持鼓励徐霞客远行。"慈母手中线，游子身上衣"，徐霞客正是戴着母亲的远游冠开始旅行生涯的。这一年，徐霞客二十二岁。

走读山水，研学并蓄，知行合一，矢志不渝。徐霞客把对山水的钟爱宣泄在身体力行上，并赋予儿孙。他给三个儿子分别取名"屺、帆、岣"，倾注了他对山水钟爱的情怀。徐霞客终生的抱负是"大丈夫当朝碧海而暮苍梧"。清代的《冷庐杂识》是这样记载徐霞客的："明江阴徐霞客宏祖《游记》，叙生平游历之处，由中国遍及遐荒。自万历丁未，年二十二，即出游，至崇祯己卯，自滇得足疾归。几于无岁不游，无地不到。"

徐霞客行走山川，在仙霞古道上留下了屡屡履痕。在《徐霞客游记》中有三次游历仙霞古道的记录，字里行间，江山的风物跃然纸上，清湖、石门街、江郎山、峡口、山坑、宝安桥、仙霞岭、小竿岭、廿八都、金竹、白花岩、里山庵、浮盖山、丹枫岭等一系列江山地名和故事也留存青史，成为人们了解江山，感受江山，指点江山的名胜古迹。

徐霞客第一次游历仙霞古道是在1620年的5月23日。过清湖，遥望江郎，摩云插天，势欲飞动，灵妙的江郎山令徐霞客啧啧惊奇。过石门街，见江郎山移步换形，与云同幻，更让徐霞客赞绝江郎山比雁荡山、黄山还微妙，唏嘘间，让徐霞客对江郎山更赞绝不已。

徐霞客第二次游历仙霞古道是在八年之后的春暖花开时节，那是1628年的3月11日，他从清湖舍舟登陆，直奔石门街而来，江郎三峰，伟岸卓立，如同三位久违的故交，伫立迎接这位远道而来的朋友，这让徐霞客感到异常亲切。但因行程仓促，只得匆匆相别，日暮到峡口，又匆忙赶到山坑，无奈黄昏天黑，只得在山坑借宿。不知这一夜徐霞客有没有感受到爽朗的峡里风，但相信徐霞客一定记住迷人的山坑和恬静的村落。第二天的旅行是徐霞客的难忘之旅，他穿越仙霞岭，跨过枫岭关，由浙入闽。雄关漫道，关山道长，几多云烟，俱化为徐霞客脚下的萧萧疾风……

徐霞客第三次游历仙霞古道是在1630年夏天，这距上一次已相去两年，酷暑难忍，徐霞客风餐露宿，汗流浃背，但跋涉终未停歇。徐霞客是7月17日从老家江阴出发的，先到武林门，再到钱塘渡，然后乘船到龙游、衢州，30日到了清湖码头。在岩石岣嶙的清湖码头水岸边，徐霞客知遇了健谈的刘对予，两人一见如故，促膝而坐，谈笑间聊到了左坑，这让徐霞客非常地向往，可惜时已下午，难以成行，以致成为徐霞客终生的遗憾。

八月秋风起，不想八月初一便下起了瓢泼的雨，但徐霞客并没有因此止步，而是风雨兼程地赶往三十里外的江郎山，可到了山口，雨雾笼罩，咫尺不见，无奈徐霞客只好惜别。转而又急匆匆冒雨赶往山坑，并宿于宝安桥。第二天一早徐霞客就起身赶路，穿过湿滑的仙霞岭、小竿岭，中午时到了廿八都，用餐后又匆忙赶往金竹村，并从金竹村上了白花岩、里山寺。

淫雨霏霏，绵延不绝，在里山寺徐霞客因雨被困了两天。到了第三天，徐霞客再也按捺不住了，急不可耐地约上寺僧冒雨游了回浮盖山，直到尽兴后才离别南行。过九牧、至渔梁、到浦城、抵延平……仙霞古道上又一次留下徐霞客斑驳的足迹。

关山千重，古道漫漫，遥望徐霞客远行的背景，蓦然间时光已消逝三百九十余年。徐霞客走了，但他的萍踪犹在，络绎不绝的追寻者正踏着他的足迹，伴着爱国、科学、实践的霞客精神行走在仙霞古道上，仙霞古道已成为"霞客之路"，并融入新内涵，勃发出新生命。

行走仙霞古道，从清湖码头的石阶，到"清溪锁钥"的拱门，走过风韵犹存万安街的拱形圆门，朝航山的方向，走向江郎，三峰依旧亲切地招引着我们，仿佛当年迎接徐霞客那样。沐着峡里风的爽朗，我们走过峡口老街，蹚过山坑小溪，穿越窑岭，前往保安街的拱形门，登上仙霞岭，走过仙霞关隘中的一个个拱形关门，经过仙霞亭阁中的一道道拱形亭门，跨过一座座拱形石拱桥。走到浙闽交界的廿八都，走过巷陌中一个个拱形街门，一座座石拱桥，遥望枫岭，那拱形的关门巍然屹立，扼守着浙闽的门户，让我们陡生敬意。迷离间，我仿佛遁入了时光隧道，那仙霞古道上一个个鲜活拱形门，瞬间变幻成时光隧道中无数个精湛的切片，撩拨了我们对仙霞古道无限的遐想。

道正长，路也正长，千年的古道上，是不是有一种情缘，它不仅可以在天上，而且也可以在地上，不只是在鹊桥，而且还可以在人间。这一点，我深信了！因为行走仙霞古道的这一天，正好是中国传统的七夕节，我们走在仙霞古道上，只为一种信念，只为一种情怀。天上一对痴情人，地上一群寻梦者，关山道长，只缘情深……

圆梦浦城

祝 蔚

我的老家在二〇五国道的边上,我从小看着浦城的冬笋、浦城的大肥猪、浦城的木头,通过一辆一辆的大货车,经过我家门口,运往不知名的远方。廿八都至峡口,很多路边饭店停满了来自浦城的货车,在那大客车一天只有一趟的年代,能让货车捎上一段是颇有面子的,我因此对浦城有了各种绮丽的想象和向往。

时光如白驹过隙,转眼三十多年过去,从十岁到四十多岁,生活已经富裕,很多以前不敢想的东西都已拥有。然而浦城是我童年一个遥不可及的梦,无数次想起不能忘记,终于能成就一趟浦城之行,让我非常地期待并憧憬。

最先到的是浦城县九牧村,浦城作为入闽第一关,九牧是毗邻江山的小镇,曾经出过九个州牧,也就是县令,在福建省闻名遐迩,因为两省管理上的差异,面貌与江山天差地别。土猪肉、手工豆腐、板鸭、冬笋让我们眼馋,破屋歪斜欲倒,街巷垃圾乱扔,污水直排入河又让我们感慨,就这样一边吐槽一边欣赏一边拍照。感受不一样的风情和不一样的风景,回想家乡小城是卫生城市文明城市,身为浙江人忍不住有点自得。

仙阳镇渔梁村有一个渔梁驿,古时官道从此地经过,信差在这里换马换车,官员路过在此休息,"一骑红尘妃子笑,无人知是荔枝来",遥想当年福建的荔枝被快马送入京城,由南至北几千里路,不知累死多少马匹多少信差，我仿佛看到当年运送荔枝的马匹在这里呼哧呼哧地喘气，而官差换马急驰而去。而今唯见墙上书法大家们一副副墨宝留香，只是故作风雅地端详半天，草书中很多字却认不得，不由感叹自己学识不够，只能拍照留影，哂笑前行。

观前的码头建设得古色古香，有古街、有茶楼、有水碓、有竹排、有船渡，还有鸬鹚在捉鱼，三只鸬鹚齐心协力捉上六七斤重的大鱼，那矫健的身躯引得我们啧啧赞叹，想悄悄摸一下它的羽毛，倒钩般的鹰嘴狠狠地啄过来，吓得我倒退三步，好凶啊。这时对家乡的爱又浮上心头，如果我们的清湖码头也参照这样建设，相信能成为比观前更靓丽的风景。

浦城是个县城，大巴车载着我们晃晃悠悠地来到车站边上的停车场，鸡成群，狗结队，垃圾成堆，第一印象不大好。据说这车站边小巷四十年没变过模样，也有好处，同行的周老师在这里找到了乡愁，忆当年随父母在这里生活、求学。晚上去寻访江山街，百年前江山人做挑夫挑浦城担的很多，在这里落脚后成家立业，多聚居在一起，因思乡情结，把这条街命名为"江山街"。整条街上仿佛有故土的情怀在飘荡，小巷深处有一口井，井圈上刻着"江山街"三个字，字字深情，乡愁在井水中荡漾着，纾解不去。听到我们说江山话，有年轻人经过，说自己是江山人的后代，然而对江山话，他羞涩地说只听得懂，不会说了。

走马观花，我们还趁夜欣赏了浦城博物馆，但所有这些都只是看到了浦城的皮毛，把它们留存在记忆里，丰蕴的内涵待日后慢慢发掘。开遍全国的"沙县小吃"来自福建，浦城作为福建的一个县城，小吃当仁不让。浦城的燕皮馄饨，让我非常惊艳，或蒸、或炸、或葱油、或煮汤，皮薄馅鲜，肚子吃得受不住，嘴巴还停不下来。浦城的面条又滑又软，吱溜吱溜很快一大碗一扫而空。一恨肚子太小，二恨品种太多，怎么吃也吃不全。

第二天一大早，我们先坐车从浦城到龙井坑，再走仙霞古道去保安。路不难走，石子铺砌，有凉亭，有关隘，历史在这里留下许多深浅不一的印迹，闭上眼睛，仿佛看见军队人仰马嘶，负重前行。有志同道合的文友一路谈古说今，只嫌路程太短，冬笋刚刚冒头，油茶花开得正好，枫叶随风飘舞，竹林风声阵阵，关卡一关接着一关，先到的爬上关顶，大喝一声："哒，前方何人，留下买路财！"哈哈大笑声中照相机咔嚓咔嚓，留下欢乐的身影和最美的风景。只是才走了五千步呢，就到了保安了。这时便想，仙霞关来过这么多次，这次最美，风景还是这些风景，只是身边一起观景的人不同，从古老的浦城中回归，感受也不一样了。

  从浦城回归江山，两地饮食和生活习惯相似，然而发展相差五至十年，仿佛穿越一回，至此圆梦。

  然而燕皮馄饨，又让我有了再去的渴望。

凤仙桥往事

周光星

我所知道的江山地界含有"仙"字的桥有两座，一是保安乡政府所在地的慕仙桥，再则就是清湖古镇的凤仙桥。保安乡的那座慕仙桥居于地方边缘，傍山而建，依树而搭，显得古朴端庄，桥身悬于半空之中，远看像一座天上的彩虹。

清湖古镇的凤仙桥，则有所不同，她居于地方中心位置，在清湖下街与昔日最为繁华的万安街相连接，桥下是一处古涵洞，桥体是设计成拱形的。这是昔日清湖古码头最大的排水通道，同时也是今日清湖老街区域最大的排水渠。涵洞的一头通向普明寺旁的百家井，另一头直达清湖溪。洞口不小，两三个大人可以稍弯下腰并排行进。小时候，我曾进去过，脚下流水哗哗，两边涵洞墙壁湿湿的，河床的走向弯弯曲曲的，很有点曲径通幽的感觉。从清湖百家井边的入口进，大约要十多分钟才能到达出口处。顶端是用一大块一大块的长条形石板铺盖着。石板上面是一户户人家。据说，当年在躲避兽性十足的日本鬼子时曾起过大作用。

这凤仙桥建于何年，现在查考不到，消失在19世纪80年代初。其实也不算真正意义上的消失，只不过现在让人看不出而已。其时，清湖老街筑水泥路，水泥混凝土覆盖在石板桥鹅卵石桥面上。据凤仙桥旁的住户邵善祥老人回忆，当时曾有一块凤仙桥的石碑，上面有建造年代，及捐款人名单，只是可惜，那块石碑被人当石头使用敲碎作垫基石。不过，这条古涵洞却是很有些年月了，从现存的洞壁上看，应该是建于明代，因为清湖码头的发展鼎盛于明清两个朝代。像这样规模的排水涵洞，没有一定的经济基础，是断断不会有人去建的。

在清湖抗日战争（1942年6月）之前，凤仙桥两边的房屋均是茅草当瓦盖。虽然如此简陋，但生意依然是不错的。现在老街店铺的街面房大多是在当年日本鬼子从清湖败退后重建。上了年纪的老人十分清楚地记得，1942年6月，日本鬼子败退之时，在清湖沿街到处放火，整个清湖古镇店铺几乎笼罩在一片大火之中。不过，我记得清湖老街两旁的最后一座茅草屋消失是在20世纪70年代。我依稀记得，房子是一名在江山七一七厂上班叫王东成的，具体地址是在清湖中街十八号。消失的原因是那年深秋天气干燥，办素事的人家鞭炮弹到了他的房子顶上，余火未尽，没多久便大火一片，一百多平方米的茅草房夷为灰烬。

当初取名为凤仙桥，意思是这个地方地理位置极佳，风景优美，小桥，流水，人家。桥上两旁是生意红火的古朴商铺，桥下是流水潺潺。生意声，水流声，再加上风声、雨声，靠在凤仙桥上休闲，不是神仙也是神仙了。取名为凤仙桥，确实是实至名归。唐代赵嘏有诗云："水思云情小凤仙，月涵花态语如弦。"其实，这凤仙桥之名，本来就取得极富有文韵，说不定是出自哪一个路过的大家手笔。因为清湖的历史文化底蕴深厚，从唐代始，就有不少名家大儒往来于此。唐代有日本空海和尚，宋代有大儒之称的徐逸平（徐存），明代有徐霞客三经清湖的典故，清代之时有因虎门销烟而名震天下的林则徐四经清湖并夜宿于此。至于民国年间，本地的文化名人也有不少。新中国成立后的人才就更多了，有半街两院士之说。

有意思的是凤仙桥两旁相对的三户人家，一户是曾依靠撑船为业的姓童人家，女儿解放初期就考入了师范院校；另两户人家则更有意思，一户是我的同学之家，她的父亲一向喜欢看古书，三个儿子分别取名"文、武、兵"；两个女儿的名字中均含有个"仙"，大的叫春仙，小的叫仙凤，这多少与家居凤仙桥边沾上点关系。两个含有"仙"字的，大的春仙在"文革"之时被下放在清湖一村，经人推荐上了工农兵大学。小的仙凤在千军万马过独木桥的高考之时，上了中专。最后一户是邵善祥老人的居所，老人家年近九旬，脑灵口清，耳聪目明。居住的这个店铺是他爷爷的产业。邵老先生的爷爷是清湖一代糖坊祖师,他的糖坊产品众多,有纯糖、白糖、红糖,还有专门供手艺人家制作各种小玩意儿的凉糖。一代传了一代,到了他的手上,那是新中国成立后了。

这位糖坊的手艺传人,当年曾读过江山一中(现为江山二中)。这在当地算得上地道的小知识分子了。新中国成立后,制糖业成了国家专控行业,民间的那些小作坊就自然消失了。邵善祥就改为做糕饼,什么糖饼、煎饼、烧饼、葱饼、松饼、鸡蛋糕,还有油卷、油条,成为清湖街上的一大特色。

邵老先生一家也很有些意思,家居凤仙桥边,娶的儿媳妇也是名叫"凤仙",真是无巧不成书。两个儿子分居分房,凤仙桥边的房子也是抽签让叫"凤仙"的儿媳占了个先。凤仙的两个女儿曾是本地清湖小学的学霸,双双考入大学,小的女儿则更厉害,直接进入211院校,现已研究生毕业在深圳高就。

邵老先生对清湖的发展很热心,不仅多次自费外出考察,给家乡发展出谋划策,而且还拿笔手写清湖古镇文章,从旧时的沿街店铺名号,到所有发生在清湖的民间故事、寺庙、祠堂、戏台,以及姓氏文化语言查考,洋洋数万字,并说要自费出一本书。那份手写材料我看过,确实有些分量,如出版对发掘清湖古镇文化,导航古镇文化旅游,产生不可小觑的作用。

有一次与一位曾在清湖工作过的镇书记闲聊,一提起清湖,总有一种说不清的难忘之情。他说清湖的老人很有情怀,从曾任衢州市政协副主席的祝瑜英女士,到书法文化功底深厚的弘一大师再传弟子程逸鹏先生,以及退休的金华外贸局局长吴拯修,等等,如数家珍一般。他们不仅为清湖古镇发展义务出谋划策搭桥牵线,而且还自己掏钱捐助建立民间公益组织。

漫步在凤仙桥上,忽然想起我在少年时发生在凤仙桥上的故事。那年,我读小学四年级,不知何故,与住在凤仙桥边的叫"兵"的同学弟弟发生冲突。我们虽不在一个班级,但年纪差不多。人家玩耍时一个小石子不小心擦破了我的头部,冒出了点点血。那还了得,一向有些顽劣的我,随手抓起一块足有三四斤重的石头冲了上去,吓得对方连忙逃命而去。我一路紧追不舍,一直把对方追到了家中,人家迫不得已关门自救。我独自立在凤仙桥手握石块,咬紧钢牙,脸绷得像出山猛虎。此时,天上的雨不住地向下浇灌，我则像"英雄"一般死死地守在人家的门前，吓得对方连大人外出也不敢开一下门。后来，不知是谁将此事告知了我的母亲。母亲来后也无法劝阻我的复仇行为。

无奈之下，母亲只好请来大哥前来相劝。大哥来后只说了一句话，回去吧，这样大的雨会把身体淋出病来的。真是一物降一物，我就驴下坡给自己草草收场。现在回想起来，像做了一个极为荒唐的梦。为自己当年的冲动感到羞愧，那是对凤仙桥这个颇有人文底蕴地方的亵渎。

往事如烟，幸好自己当年的冲动没有酿出什么恶果。否则，那就要后悔终生了。

漫步三卿口

余和妹

三卿口，初触动，终喜欢。

这里是仙霞古道上平地路与山路的结合点；这里是位于江郎山和仙霞关之间的古村落；这里有全国重点文物保护单位"三卿口制瓷作坊"；徐霞客三次途经，一次夜宿……

漫步三卿口，一眼望千年，眼里玩穿越，耳边听传说！

古 道

据相关资料记载，仙霞古道，古称江浦驿道、浙闽官道。其历史，大多认为可追溯到两千年前的汉代。唐宋后，仙霞古道成为宽二米至三米的"七尺官道"，是跨越仙霞山脉而沟通钱塘江和闽江水系的距离最短的陆路连接线，"海上丝绸之路"最重要的陆上交通线。江山清湖码头舍舟登陆，"江山船帮"是钱塘江上四大船帮之一；浦城观前码头"舍陆登舟"，"挑浦城担"是这一带的专用名词，货物就是在一个个挑夫的肩膀上，在一个个挑夫的一声声吆喝中，穿过丘陵川流，攀越崇山峻岭，一担担一步步一程程，抵达闽海。

重走古道，在清湖"小江郎"旁，感受如竹林般的桅杆，船头不断碰击岸边的声响；在江郎山下，仰望直立云霄的三爿石，吟着古往今来赞美江郎山的诗词文赋，眼里是徐霞客的"忽裂而为二，转而为三……移步换形，与云同幻矣！"心里是白居易的"安得此身生羽翼，与君来往共烟霞"；在峡口，吹一吹此地独有福泽一方的峡里风；在仙霞关，体会长长石岭关山险要、战旗飘扬、马蹄声啸；在谜一样的廿八都，走进谜一样的古镇老街，想象操着各种方言的行人商户各自的风采……

　　来到三卿口，初见文昌桥，三溪汇合一桥，连山古樟浓荫。站在仙霞古道山路的起点，不知是文昌桥古樟两者的和谐壮观，还是如此近距离地面对大山，想起挑夫的勇气，内心深处沉沉的一角给敲醒，给触动了！

　　每见山峰比肩，山峦起伏，总感觉这里应该是个静止的空间，往里不再有前行的路。若见炊烟从山间袅袅升起，偶尔几声急促响亮的犬吠声，便会产生复杂的情绪，其中多少有佩服之意。

　　小时候常走的西岭，近千米长，全是石砌的，大块的一台阶仅一块石头，小的三块左右，坡度平均接近六十度，陡处小脚抬起膝盖可以碰到下巴。虽说每回走到岭底都会在心里惧怕一阵子，但想到去姐姐家会玩得很高兴，在出发时也不顾途中还需要翻越的西岭，即使是在严寒的冬天也是如此。所以，一次次的翻越，留下了许多的欢乐。比如冬天里，把近乎和自己一般高的冰柱扛在肩上；比如夏天里，在山顶吹着凉爽的风，远看重峦叠嶂；在路亭里，躺在比人还长的石凳上，听认识不认识的行人天南海北地聊天，或闭目遐想，想古道、路亭的起源。虽不知所以然，心里在默默地敬佩，想山里山外的世界，不知道山外到底有多大，有多远，有多美好。年幼那纯洁干净的心灵，是这么打开的吗？多少是的。不然，为什么一直对古道，潜意识里有着一种莫名的情怀呢？

　　"慢"，随着声音传来，只见一双双穿着草鞋的脚，从后往前依序放缓。

　　"停"，行走的步伐听号令从后往前依序停下。

　　"放"，轻微的哐当声，从前往后依序此起彼伏。

　　夕阳还贪恋着群山，一抹晚霞，依序往山顶移动。"浦城担"从山道里走出来，也从清湖码头而来，壮汉们接过早就迎在门口路边的店主手里的大碗凉茶，"咕咚咕咚"几口就下肚，喉结在夕阳的余晖里上下挪动，潇洒极了!

"你们是哪儿来的?"

一声热情的招呼,把我从好几百年前瞬间拉回到现实。只见面前一长者,正在跟同行的文友打招呼。见长者七十多岁的模样,很精神、很健谈,便聊了起来。

"我们这里是仙霞古道通福建的必经之道,从文昌桥开始往里,便基本上是山路了。从清湖码头开始,力气好的,刚好走到这里过夜。所以,我们这里曾经是很热闹的。"

"王师傅,跟我们讲讲古道吧。"

"听说过'草鞋旗袍'吗?没听过吧。当年国民党部队撤退时,有些级别不够的将领,走我们这条山路。他们的老婆穿的都是皮鞋,怎么禁得住走这么远的路啊,又怎么走山路啊,所以,他们就到农户家里讨要草鞋。我们农家的草鞋当时可是珍贵了!"山道、旗袍、草鞋,连想象都滑稽,却真真实实地存在!这些养尊处优的官太太,走在挑夫的队伍中,是不是也会给挑夫们投去敬佩的眼神呢?当挑夫们擦肩而过时,身上星星般密布的汗珠所发出的汗味,是不是还会像之前般令人掩鼻而恼呢?

漫步在三卿口的古道上,时光在眼前穿越。

古　桥

第二次走进三卿口,用了一个多小时的时间,在这座踏过无数足迹、迎来送往过天南海北行人的古桥上,从桥的北端到桥的南端,来来回回走了好几趟;从桥的东面到桥的西面,来来回回转了两圈。在桥上远望,在桥上徜徉,在桥上遐思,也坐在桥上与村民拉家常。

这是一座古老的桥。始建于元代,于清乾隆四十七年(1782)重修。桥为半圆形单孔石桥,全长十七点五米,拱圈为条石纵联砌置,圈顶东西两面条石各刻有楷体"文昌桥"三字。桥底的水甚为清澈,远看桥孔就像是圆的。

"文昌桥",文化、昌盛,作为桥的定语,想来是重视文化的意思,网上查阅，没找到其详细的注解。有文昌桥的地方，就有文昌阁。村民给我们指了大致的方向，说具体的位置已无从考证。

文昌桥的位置很特别。从大山深处流出来的三条山溪在这里汇合成一溪，经桥底流出，融入峡口溪。任岁月沧桑，风吹雨淋、大水冲刷，古桥依然保持完好。桥身上的石头，已变了颜色，时光给涂上了一层深褐色，有的深褐色脱落，又呈现白色，白色与深褐色交杂，显得透亮厚重。桥面上的石头，被磨得光滑细致，如同布满皱纹的老人那红润光滑的颧骨。石缝间几颗绿色的小草，垂在桥两端鲜艳的野菊花、不知名的草藤，勃勃生机。

慕名而来的观赏者总是会有各种不同的角度把桥给摄入镜头。据说大都认为在离桥百米左右的对面村庄小道上拍摄，是最佳的角度。记得有一回参加采风，三十多人的队伍，排成"一"字形，站在桥上，各自摆着自己认为最好的姿势，摄影师就在对面小道上，蓝天白云下，桥、人、树、溪、倒影完美融合，照片挺美。

桥的西南端，有一颗五百多年树龄的大樟树，胸围五点五二米，树高二十七米，树枝向桥身伸展，粗枝傲娇横斜，细枝任性洒脱，树叶张张相拥，任阳光透过缝隙洒在水面上，点缀波纹。仰靠在宽圆粗壮的树干上，双手无限伸展，心胸便宽阔无边，也无尘！樟树旁原建有一四角亭，只剩残迹。

按常规，樟树一般都种在村口，而这座桥因为特定的作用，便有了樟树为邻，亭为伴。挑夫们卸下货担，撇开事务缠绕，在亭里歇息闲聊看星空，然后枕着山溪而眠，这样的舒适、清雅，是给挑夫们一份劳累后的宁静，还是对明天寄予希望呢？

在文昌桥这里汇合的三条山溪，即"上坂溪坑""东坑""蚕坑"，从山溪的流向，可以看到，进山有三条主要的古道。时值初冬，阳光特别温暖。禁不住一探究竟的心理，顺着东坑这条溪往里走，一直走到一个名叫山坑的地方。真是山一程水一程，时而开阔，时而狭长，小桥流水，偶有几户人家，山色可以说是五彩缤纷，黄色最为抢眼。

折回文昌桥时，已近黄昏。一场邂逅，就在眼前。蓑衣、凉笠、锄头、水牛，一老农右肩扛着锄头，右手拿着锄头的柄端，左手牵着牛绳，正从文昌桥的北端拾级而来，脚步轻缓。牛乖乖地依偎在老农身边，行走着。夕阳的余晖正穿过山的缝隙斜照在古樟树伸展在桥上面的树枝上，斜照在老农身上、牛肚子上，斜照在两位坐在桥南端石阶上的村民身上，斜照在桥身上，斜照在桥底水面上，泛着金黄色光芒，几只鸭子在水面上嬉戏。感谢手机，在桥的对面快速摄下了这个镜头，不仅只是印在脑海里，还留存在手机里，还可以在网络上分享。传统，对于村里年长者来说，是一种习惯，甚至是一份陪伴！而我们在举起相机时，是不是学会欣赏了呢？

看着车窗外弯着腰的稻穗，眼里重叠着古道、驿站、路亭、码头、挑夫……因了文昌桥上的邂逅，一个小时左右的车程，又多了许多的话题，还有一份不虚此行或者此行的必需的满足感！

漫步三卿口的古桥，在这里会邂逅惊喜！

古　村

再一次站在三卿口碗厂的龙窑前，依然深深地为之感怀！因为四周皆为陶瓷的主要原料高岭土，近三百年前，福建的黄正中、黄大远叔侄俩在此首建窑坊，手工生产青花和灰白釉碗。如今，制瓷作坊早已是全国重点文物保护单位。完好的龙窑，还有水碓、陶洗池、茅草盖的拉坯房，完整的制瓷工序；小青瓦夯土泥墙民房、鹅卵石古道，依然住着几户人家。一条小溪傍着古老的村庄，常年流水潺潺。村口古老的祠堂里，悠悠往事，仿如昨天。清光绪二十四年（1898）《须江黄氏族谱》记载了家族迁徙历史，以及开窑创业的经过和建造祠堂的时间。20世纪50年代，作为集体企业，正式名称为"三卿口碗厂"。也许是因为独特的地理位置，管理上又相对独立，民间逐渐称其为"古瓷村"。20世纪90年代，三卿口古瓷村模型曾在上海博物馆陶瓷展厅展出。

静静地站在龙窑前，就这么静静地站着，也许眼前是车水马龙，耳畔是瓷音婉转，也许什么都没想，只是看着这一排排整齐的三百年前手工做出来的大碗。乾隆皇帝喜欢江南的青山绿水，这是否也带动了当时的百姓，在日复一日地埋头劳作时，也会抬头仰望星空呢？距此以往的千年之前，黄巢大规模地劈山开路，为战事的兵马通行，没曾想打通了浙闽之间的重重关山，从此大山不再寂寞，百姓也跟着见了世面。

联系上王师傅后，来到村中心他哥哥的家。这是一座建于一百四十年前的古宅，白墙黛瓦雕沿，门埂是用精致的椭圆形的大小差不多相同的鹅卵石铺就，这些鹅卵石因了时光磨得光洁锃亮。贴着大门口叠成一个大铜钱状，面积约占门埂的三分之一，铜钱中间为聚宝盆，着青色。大门上面"秀挹南屏"四个字依然如墨汁未干般完好如初。进入大门，像是进入了一个木制雕花的世界，初看目不暇接，细看精雕细琢，仿佛一本民间故事画册，一张张雕刻在墙上、柱上、窗格间、天井沿。"你们看，门框上的这个'福'字，左为鹤，右为鹿，意为福禄寿齐全。"王师傅的声音把我们的视线重又移到了大门。这才注意到大门门顶的"福"字，而脚上，跟门外一样，也是如此漂亮小巧的鹅卵石，铺的是"鹿"的模样，意为"乐在其中"。

听着王师傅兄弟俩讲着往昔时光，自然亲切，不夸张，也不骄傲。兄弟俩当场演示土法造纸的工艺过程，我竟听得是云里雾里。王师傅的爷爷经营纸业，以贸为主，也有造纸作坊，可以想象当年王家纸业必定是生意特别兴隆，且邻里和睦。

毛竹砍伐，就地加工，挑夫肩运，码头船运，三卿口造的纸外销全国各地，远销海外。王师傅说，明清时期，村中造纸作坊有十多处，遍布于三卿口溪两岸山坡上，直至20世纪80年代才逐渐退出。元明时，在窑岭（弄）也有十几个瓷窑，现在仍能看到古瓷窑遗迹。

新泡的茶叶在杯中上下律动，亭亭玉立地立在杯底。稍会儿，便在水的滋润下，一张张几乎恢复成春日茶树上的模样。有了茶叶的水便有些淡淡的微黄，杯子里往外冒着热气，升起优美的弧线，茶香随热气弥漫在屋子里。山里的茶真是雨露精华啊，就想把鼻子探进茶杯里，贪婪地深吸，再深吸。

"我们这里的'王姓'是元晚期从兰溪双牌迁来的，有《三川王氏宗谱》记载。传说，兰溪双牌王氏第十五代孙王国宝有一天游猎到此，回时狗却在简易的茅草棚里不愿意走。第二年王氏念及这里的好山好水，又来打猎,竟发现狗依然守在茅草棚里。原来,狗白天出来找食吃,晚上一直就在这住着。这让王氏大为惊讶,认为这准是个好地方,便举家迁至于此,繁衍生息。后王姓逐渐扩大人口规模,原居住的龚姓外迁等原因,这里已没有龚姓人家。"

王师傅爱读书,善书法,在村里的老一辈中算是有文化的,讲起话来条理清晰。在他自己的屋里,摆着他写字的案台,有好几副已写好的字放着。

鼻子间还萦绕着茶叶的清香,随王师傅看了龚姓一大户人家残留的房子门墙,看了王氏祠堂那高高的门楣和尚存的祠堂前厅。三卿口之前有叫三川口、三坑口、三公口、三井口的,每个名字应该都有其当时的含义,就像传说一样。

"里通福建外通京。"王师傅说,老街在村的北面,曾经的三卿口,饭堂、旅馆、茶室,啥都有。各地方言汇聚,当然,数江山话最难听懂了。百姓能看到各地的农特产、手工艺品,到了民国,贸易最为发达。

江山收藏达人王保利老师在他两万册左右的藏书中,偶然发现早年收集的《救世灵丹》一书,拍掌叫好。这本书在民国十四年(1925)由江山文化人汪雅堂收集整理,共有诗文赋数以百计,在三卿口印制,封面有一行大字"邑三川端化轩敬刊"。《救世灵丹》不仅仅只是泛着浓墨书香,透过发黄的纸页,可以看到当时三卿口,作为仙霞古道上的重要节点,其兴盛的贸易、本土毛竹瓷土等丰富的资源,人民通过勤劳的双手所带来的繁荣昌盛。

崭新的楼房,依溪而建,隔步有桥,平行相望。因为已是初冬,两边楼房门前,三三两两的,坐着晒太阳闲聊的村民。被楼房所挡住的古民居,它不会寂寞,也不怨被遮挡,它们希望看到人们生活的日新月异。当然,它们心中也会有希望,希望得到保护,和谐相处。

漫步三卿口古村落,听不厌的故事传说!

倘徉在古老文明和现代文明间,似乎,对三百九十三年前徐霞客第二次来江山"至峡口,已暮。又行十五里,宿于山坑",有了一些理解。现存古道的深幽浑厚、依水而居的几缕炊烟、明亮如昼的美丽村庄、古老崭新的和谐相融,保护发展的时代脉络、欢声笑语的生态家园,这是三卿口,三溪合汇，沐自然之精华！

　　古道雄关今犹在，乡村日日换新颜。不管是站在教科书般的古瓷村，还是行走在古老的商贸要道；或者坐在文昌桥的石阶上，融入村民的悠闲中，或者只是站在桥上，安静地吹吹风，在潺潺溪水的伴奏下听听自己心灵深处的声音，都是极好的！

　　漫步三卿口，我知道，这个地方，我是喜欢了！

浮盖奇韵

危 岳

浙闽赣交界处的浮盖山是一处极佳的旅游胜地。那里的"堆石洞群",同样有着一层神秘的面纱,让人遐想不已。

盘山公路的右侧是枫岭关,这里地势险峻,系古代名关之一,已有一千多年历史。枫岭关,关高有丈余,两翼皆为崇山峻岭,地势险峻,山关仅一羊肠小道,颇有"一夫当关,万夫莫开"之势,自古以来这里就是军事要地。因为枫岭关位于浙闽两省的交界处,如果在岭上随意走几步就会踏入福建地界,站在关上纵目远望,这两省的崇山峻岭便尽收眼底,因此,就流传了这样一首民谣:"枫岭关,枫岭关,脚踏两省,望三山。"相传,黄巢十万起义大军,从江西突袭福建,开山辟道七百余里,路经此地特意拓宽了这条羊肠小道,枫岭关也熠熠生辉。又相传,唐代日本名僧空海从海路经枫岭关到大唐学习,将佛经和汉文带回日本,并创立佛教真言宗,后来便修成一代宗师。在空海大师的传世著作《文镜秘府论》《篆隶万象名义》中,可清楚地看到他那深厚的汉学功底。

浮盖山坐落于仙霞岭之脉的廿八都镇南部,山顶由巨石累叠而成,周围怪石嶙峋,多溶洞,有叠石山、仙人谷、擎天石、蛙石崖、拳头石、神像开谷、金蛇狂舞、盘古开凿和一线生机、天池、观音叹海、浮盖天叠等奇观,素有"浮盖四怪,四怪浮盖"之称。因山巅有巨石为盖,若浮若动,故名浮盖,又名雾盖山。

要想攀上浮盖顶峰，确实不是易事。通往山顶有两条路，一条是石板铺就的"观光之路"，比较好爬；另一条被人们称为"勇敢者之路"，爬这条路的人必须要有勇气。要是想练胆量，或想体验一线爬山惊险刺激的人，就应该选"勇敢者之路"，只要你有勇往直前的精神，就一定能攀上顶峰！

浮盖山，到处散落着三一群、五一伙的巨石。有的大如屋，有的一人多高，连最小的两三个人也合抱不过来。巨石或像馒头，或似石榴，有的呈正方形，有的似长方形，还有的呈梯形。这些石头仿佛是上天刻意打扮浮盖山而有意抛撒下来的，常年沐浴着大自然的风霜雨露，早已磨光了棱角，全身黝黑，形态怪异，令人称奇。

沿着观光之路走不远，就到了叠石寺。叠石寺实际上是一座金碧辉煌的送子观音寺，寺高约八米，面积近五十平方米，寺内香烟袅袅。居中端坐着身披金装的观音菩萨，足有两米高，她容颜秀丽慈祥，栩栩如生，在她的脚上、膝上、肩上爬着五个身裹红肚兜的光身小孩，很是天真可爱，观音送子的寓意一览无余。寺内两厢站立着观音菩萨的八种化身：擎宝瓶的、持拂尘的、拈荷花的……神态各异，色彩鲜艳。

叠石寺对面的巨石群，酷似各种动物，有的如白象，有的似海龟，还有块巨石长五米、高四米，颇似佛脸。

据史料记载，1630年，明朝著名的地理学家徐霞客，旅行途经浮盖山，为这里神奇的景致所吸引，不忍离去，竟连留三日之久，吟出了"怪石拿云，飞霞削翠"的佳句，他更写下"穿簇透峡，窈窕者，益之诡而藏其险；屼嵲者，益之险而敛其高"的赞叹之语。为了纪念这位旅行家、文学家，叠石寺前的馒头石上镌刻有"霞客游踪"四个鲜红大字。浮盖山，给人们留下印象最深的，当属三叠石。三叠石，顾名思义，是由三块巨石叠摞而成的自然景观，是大自然的一大杰作，也是大自然对人类的恩赐。从下往上看，第一块巨石，约高一点五米，从地层"长"出来后，似一张硕大的石床铺展开来；第二块巨石，约高五米，宽六米，呈横梯形，稳稳地摞在石床上；第三块更大的巨石，约高六米，宽七米，呈椭圆形，纹丝不动地摞在第二块巨石上，三块巨石紧紧地叠摞在一起，约有十三米高。看到这一自然奇观，任你再心静如水，也不能不叹大自然的神奇。

从三叠石向上走，约二十分钟，便到了纱帽石。纱帽石，堆叠在三叠石更高更大的巨石之上。远看，它仿佛一顶夏日遮阳的纱帽，下圆上尖。纱帽的帽檐约三十米，帽高约五米。整个叠石群石面光滑至极，石面上的黑白纹路，在夕阳的照耀下，流光溢彩，格外迷人。有人曾风趣地说："沾了纱帽石的灵气，孩子聪明活泼，老人身强体健，学子知识渊博，所以每个人都有必要到此一游。"

假如你站在这光滑的纱帽石上，手扶护栏，极目四顾，只见群山起伏，云海苍茫；金灿灿的太阳，从絮状云层中折射出万道金光；近山青翠，远山氤氲；还有那盘山公路似一条金色的绸带，曲曲弯弯，伸向很远很远的地方，使人感觉到有种似乎立于天地之间，凌驾于云海之上的感觉，心胸顿觉豁然开朗，豪情壮志豁然而生，人世间的一切坎坷、挫折、烦恼，仿佛会在那一瞬间消失殆尽。

浮盖山，不仅怪石让人惊叹，其森林资源也极为丰富。植被以常绿阔叶林为主，森林覆盖率达百分之九十五，2004年被国家林业和草原局评为国家森林公园。现有木本植物八十七科二百三十二属六百三十四种，其中银杉、红豆杉、伯乐树、猪血木属国家一级保护植物，香榧、金钱松、三尖杉、闽楠属国家二级保护植物；有脊椎动物二百多种，其中白颈长尾雉、黄腹角雉为国家一级保护动物。根据环保部门监测，景区常年空气质量达到国家一级标准，噪声指标为国家一类标准，地表水质量达到国标规定，是大自然的天然氧吧。

浮盖山的佛教文化也非常浓厚，虽不能与我国四大佛教圣地相比，其一山两寺就足以证明。除了前面提到的叠石寺，还有一幢位于廿八都镇坚强村的里山寺。这幢寺庙始建于宋，清乾隆二十二年（1757）重建，二进一大天井，进山门即前殿，过天井为正殿，两侧为偏殿，平面呈"回"字形。每年农历二月十九日和八月廿四日，为春秋两季庙会，浙、闽、赣三省边境游客多达千人，寺左存立乾隆二十二年"重修里山寺"石碑，当年徐霞客也曾到过此庙，还在庙里留宿一夜，传下了不少趣闻佳话。近年来，坚强村在加强美丽乡村建设的同时，还在文物保护和文旅发展方面做好文章，按照"修旧如旧，建新复古"的原则，筹集资金对里山寺进行修缮，保留了大山内特有建筑特色。

不踏浮盖石，虚作江山行。这座曾令徐霞客踯躅三日之久的大山，如今已从一度藏在深闺无人识，变成了国家 AAAA 级旅游景区。随着景区建设及各项配套设施的日臻完善，越来越多的游客将会涌向这里。古老而年轻的浮盖山必将迎来一个又一个旅游春天，她正以其独具特色的风姿，令八方游客乐不思归。

浦城印象

祝新源

最早知道浦城这个地名是从婆妈嘴中，那是半个世纪以前的事了。姑婆是峡口镇同桥村王家桥头人，一生中有半生走南闯北，上达建瓯、浦城，下至衢州、龙游，离家弃女，给人帮佣、当奶娘，为的是赚钱抚养儿子。可三个儿子，一个夭折，另外两个儿子，一个二十二岁，抗日战争中，在建阳公路段被抓去当挑夫，另一个二十一岁，新中国成立前夜，在邻村村民家被国民党抓了壮丁，二子均杳无音讯。从此，姑婆孤苦伶仃一个人，每日以泪洗面。

我于1957年出生，那时母亲在峡口邮电分局工作，是话务员，上班是两班倒，白班从日出到日落，夜班从日落到日出。以前可没有哺乳假的概念，于是从我出生四十天起，我就随姑婆一起生活，一直待到七岁上小学，姑婆视我为亲生。上学后的每个假期我都在姑婆家度过，帮老人家放鸡、砍柴火，更重要的是陪伴。我去了她老人家非常高兴，精神也会爽朗许多。在和姑婆生活的日子里，她偶尔也会和我谈起她当年的经历。年轻时的姑婆很能干，灶头上上下下一个人全包了，因此深得东家的高看。有一年进浦城走的是雪路，由于年轻无经验，歇脚时把冰凉的脚放火上烤，以至于晚年时经常因风湿痛苦不堪言。少不更事，没有往心里去，只依稀记得姑婆曾说起先后在浦城给两个大户人家当过奶娘，一直到小孩很大时才离开，小孩和她也很亲。从姑婆口里得知，浦城人的习俗和我们这里有很大的不同，女人坐月子是喝白糖水吃公鸡，这和我们家乡喝红糖水吃母鸡的习俗正好相反。还有浦城铜锣糕和廿八都铜锣糕很相似，外边用粽叶包裹，铜锣糕分素糕和荤糕两种，荤糕将肥肉一条条镶嵌在年糕里，吃时横着肥肉切，放到锅里煎，就不用另外放油了，年糕煎成两面焦黄，可香可好吃哩！至于浦城女人坐月子是不是喝白糖水本人未去考证，但廿八都和浦城的铜锣糕我可是亲口尝过的，回忆起来那滋味美美的，和如今售卖的铜锣糕大相径庭。小时还吃过荤糕，如今连正宗的素糕也很少见到了。

再次听说浦城，是在外公挑"浦城担"的故事中。年轻时的外公也是仙霞古道挑夫中的一员。虽然他们分处浙江、江西两省，但两家相距只有五华里，翻个山坡便到。我在姑婆家吃的大米等生活用品大多是外公从峡口挑到姑婆家的。每每姐弟见面，手足之情表露无遗，寡言的外公自然也话多起来。

外公和姑婆是同胞姐弟，三岁丧父，七岁丧母，从小住祠堂，帮人放牛。他空闲时便对着祠堂墙上的大字在心里默默地临帖，用手指不停地在身上比画着，用木棍在沙里练，用笋箬（以前泥工刷墙用的材料）捣软蘸水练，久而久之，居然练得一手好字。外公是泥水师傅，给乡邻造房子完工后，会自告奋勇不计报酬把门额上的字一并写上。几百户上千口人的村庄，人家的笋筐、畚斗、团匾等日用品，乃至打谷大桶、谷扇等农具上的字大多是外公写的。记忆中，外公来家做客时，便会将茶水倒点儿在桌上，用手指蘸着茶水写字。外公不抽烟，不喝酒，也不喝茶，写字可以说是他唯一的嗜好。

我初中毕业时曾有过一段在廿八都粮站助征的经历，粮站的老人说，廿八都是三省交界的地方，从这里到浙江江山、福建浦城和江西广丰三个县城都是一样的路程。但由于地域的原因，浦城对于我来说，仍是一个陌生的地方。

真正踏上浦城的土地，是在2018年的6月初。我作为江山市摄影家协会的代表之一，出席了首届"丹桂之乡·诗画浦城"全国摄影大展启动仪式，受到了贵宾的礼遇，浦城县人民政府在浦城饭店热情招待来自全国各地的摄影界朋友。在报到的时候，我们从饭店门口的碑刻上，得知原来这个饭店还是江山人建造的，从而引出了江山人在浦城创业的一系列话题。

在欢迎晚宴上，县长陪我们一起吃饭，浦城县剧团表演了精彩的节目，展示了浦城的地方文化、民俗歌谣。

翌日，丹桂广场的启动仪式结束后，举办方为摄影爱好者及游客提供了三条摄影采风线路，分别为枫溪农耕文化采风线、中国包酒文化采风线及万安浮桥婚嫁民俗采风线。我们被安排去枫溪乡拍摄梯田，领略古老的闽东农耕文化。在枫溪乡农耕文化采风点，缥缈的云雾下成片梯田错落山间，田间老农悠闲地犁田，远处的竹海随风轻摇，景致美不胜收。摄影师们纷纷举起相机，用各自独到的角度，记录下这诗画般的美景。在随后的采风活动中，我们来到了枫溪乡的福禄村，参与当地芒种时节特有的开犁节。在群山环绕的梯田与极富特色的民居映衬下，当地村民举行大佛巡游、祭神田、抢鸭子等一系列丰富多彩的民俗活动，展示了特有的农耕技艺和特色民风习俗。一时间，这个叫福禄村的小山村，成了各大媒体报道的焦点，新闻图片满天飞。

当晚，我们便驱车返乡。由于行色匆匆，浦城于我的印象仍是碎片的。

12月初，我随江山市文联组织的"丈量古道"采风团重走仙霞古道，这是江山市作协和市摄协的一个合作项目，通过组织本市作家和摄影家采风，挖掘仙霞古道创作资源，计划用图文的形式结集出书。

两天时间里，我们乘大巴途经浦城县的九牧、渔梁、仙阳、观前，参观了浦城县博物馆，寻访了久负盛名的江山街，采访了江山街上的江山老人，回程中从保安乡龙溪村徒步行走仙霞古道，穿越四座关隘。用丝路将江山、浦城串起一条线，用相机去记录丝路各个节点上的文化遗址，用眼睛去观察沿途的风景民情，用大脑去想象当年的沧海桑田，用文笔去叙说古道的今古传奇。

在浦城县城住宿的那个晚上，我们在夜色中慕名去寻访江山街。江山街是一条凝结着江山前辈智慧和心血的老街，这可是当年江山人挑"浦城担"聚集的地方。就是因为他们，浦城有了江山街。由此可见，当年仙霞古道是多么繁华和重要。如今的江山街，辉煌不再，但在灰暗的路灯下，仍能透露出当年的繁华的轮廓，那口凿刻着"江山街"字样的水井给我们带来无限的温馨，触动了我们内心那条最柔软敏感的心弦。修复后的三山会馆和博物馆的迁入，增添了江山街的历史厚重感。身为江山人后裔的博物馆工作人员，特地为我们开门，泡茶，做介绍。从博物馆出来，巧遇一八十高龄的老者，似乎是心有灵犀，在一问一答间我们便攀上了乡缘。这位姜姓老者热情地引我们到他江山街上的家里去拉家常，在他的叙说中，我们知道他是保安人，八岁便只身翻山越岭来到浦城，在江山街上的足浴店当学徒，后几经辗转，从事过多个行业，历尽艰辛，终于在浦城县立下了脚。新中国成立后在浦城县的多家单位工作过，最后在一家事业单位退休。因眷恋江山街，没有随子女外迁，一个人独居。老人很健谈，声音洪亮，一口气叙说了两个多小时还意犹未尽，同行者做了记录，互留了联系方式后，我们返回宾馆，夜已深。

　　观前村，是我们这次采访的一个重点，位于浦城县境内南浦溪畔，北距县城南浦镇二十余公里。观前村的兴起，是仙霞古道和南浦溪，闽浙两省重要的水陆联运线。在古代，钱塘江和闽江分别是浙江和福建境内的交通命脉。它们之间横亘着仙霞山脉，穿过这条山脉而连接闽江和钱塘江的是仙霞古道，仙霞古道的南端即闽江航运的起点——浦城的南浦镇；它的北端——是我市的清湖镇（现为清湖街道），是钱塘江南源的航运起点，从清湖镇到南浦镇的路程约有一百二十公里。

　　眼下，观前村正在进行旅游前期开发，南浦溪西岸已初具规模，但仍看不到旅游产品，整个村找不到一家可以吃住的农家乐，呈现给我们的却是原汁原味的风貌。溪上用十二条船架设的浮桥仍保留着原始的模样，是浦城的一个标志性景观。村庄的内巷仍保留着许多当年的建筑，如若深入采访，定能挖掘许多动人的人文故事，或许还能和江山攀上亲缘。与观前不同的是，我市的清湖正在进行复古改造，清三村国家AAA级旅游景区验收在即。这其中，我和清湖码头乡贤会的同仁们贡献了自己的智慧和情怀。随着清湖古镇复古改造项目的完成，古码头的恢复，清湖将成为一个传承丝路文化、儒家文化、码头水文化及生态养生、美食购物、休闲娱乐、旅游观光等，功能齐全的特色旅游古镇。窃以为，若干年后，谁说观前不会如此呢？随着丝路文化的进一步挖掘，仙霞古道上的节点清湖、石门、江郎山、峡口、保安、廿八都和浦城县的九牧、渔梁、仙阳、观前等名镇、名村将大放异彩。

小江郎山，在清湖，峭石悬潭，与浮桥相映带，鲦鱼翕聚，宛然濠濮之间。

耐得住几千年的寂寞
澄潭里甘与蛟龙为伍
山在水中水在山中
山水交融

楹联四副

戴明桂

仙霞古道

青山百里仙霞梦；
古道千年浙闽情。

仙霞岭五关

雄关十里，喜逢闽粤工商、京杭骚客；
古道千年，常沐秋冬雨雪、春夏风云。

古道挑夫

车轧轧，马萧萧，且休片刻，再赴日月；
水弯弯，风猎猎，权饮三杯，后续春秋。

陆上丝路

古道弯弯，始江城[1]，接浦城，通鲤城[2]，一路霜寒长剑；
龙溪澹澹，纳须水[3]，融瀫水[4]，汇浙水[5]，满江雪涌洪涛。

---

[1]江城：指江山市。[2]鲤城：指福建省泉州市。[3]须水：指须江。[4]瀫水：指衢江。
[5]浙水：指钱塘江。

诗词二首

戴明桂

七绝·游仙霞古道

重重险关锁雾烟,
枫红竹翠碧泉涟。
沧桑百里仙霞路,
铁马金戈梦半年。

翠楼吟·世界自然遗产江郎山

伟石惊天,横空出世,如樯似帆稀罕。游踪千步梦,洞幽雾迷羊肠险。开明禅寺,击暮鼓晨钟,云飞星乱。倚天剑,裂岩烟锁,望峰魂断。

震撼!奇特丹霞,六地齐联手,结盟参选。瞧巴西会上,耸肩点头专家赞。神州欢腾,浙水卷春潮,江山旗展。新名片,世遗珍护,万年欣鉴。

七绝·清湖古码头

姜法建

南来北去舟车地,万物千仓大货场。
水运码头别有天,贾商云聚自干强。

五古·清溪锁钥（外一首）

刘 毅

京闽千古驿，水陆扼清溪。名利熙熙客，晓行不待鸡。
举子苦功名，迢遥上帝京。清溪一帆鼓，希冀满江程。
京官下闽粤，得意画船轻。水驿清溪尽，后程肩上行。
只有挑夫足，青筋凸纵横。蹒跚担日月，古道上苍冥。

菩萨蛮·江郎山须女湖

三峰企伫星空寂，望妻千载寒山碧。
蓬鬓旧萧郎，秋来数雁行。
澄湖新筑就，须女回岚岫。
照影化三姝，呼郎同洗梳。

龙井坑之歌

姜寒松

这里是次原始森林。
这里远离尘嚣，人迹罕到。
这里的溪流瀑布，连着钱塘江的浪潮。
这里古木参天，修篁窈窕。
这里的山绵延叠翠，这里的水含香带笑。
清风在徐徐地吹，绿叶在轻轻地摇。

锦鳞在浅水中嬉戏,鸟儿在密林里欢叫。
太阳在高高的天空,向这儿探头探脑

在这神秘的土地上徜徉,
细细品味着大自然的神妙:
踩着松软的落叶,双腿不感觉疲劳;
听着鸟儿的歌唱,便忘却一切烦恼。
饮一口这里的甘泉,可沁人心脾。
吸一缕这里的空气,能神怡魂销。
采一些箬叶包粽子,尝一尝野生果的味道。
尽情地享受吧,这都是造化赐予的珍宝。

徜徉在这神秘的土地上
流连忘返,情未了了;
浮想联翩,思潮滔滔。
为人类曾经的愚蠢和错误,
引起我太多的思考:
别以为自然无知,可由人类任意改造。
乱砍滥伐,毁林种粮,绿源减少;
水土流失,生态失衡,屡发旱涝;
空气污染,沙尘施暴,气温升高——
这就是大自然对人类的恶报。
反省和忏悔吧,沉痛的教训应当记牢。
不能再干破坏生态的蠢事,
时时刻刻都要注意环保。
森林是大自然的绿色屏障,
我们要像保护生命一样把她保护好。
让天人合一,人与自然和谐协调。

从龙井过仙霞古道

姜寒松

小桥流水傍人家，
民宿品尝龙井茶。
古道西风无瘦马，
吟诗谈笑过仙霞。

齐天乐·清湖古津（外一首）

徐江都

隔江杨柳烟缭树，汀州雾遮鹇鹭。峭石悬潭，浮桥映带，簰筏穿梭翔浦。岑廊临浒，听梵呗喃喃，磬钲鸣杵。尚有青灯，暗堂清夜照黄楮。

津闾中转水马①，驿关行去骤，缥缈难顾。迤迤闽山，湍湍越水，识遍离人无数。潮平水渚，正帆若鸢飞，艇驰如鹜。锁钥清溪，控仙霞岭路。

八声甘州·清湖码头

看闽山越水到清湖，楚尾恰吴头。正长征起步，千帆竞发，万货排篓。是处南通闽海，北去古通州。见有贾商客，长走无休。

尽觑旅商仕宦，竞登舟下艇，来去悠悠。叹年来踪迹，何事苦寻愁。想昨夜、笛惊林鸟，悍官军、明逮复冥搜。人传是、台蠡作乱，谁去征收？

---

①水马：史载广济渡水马驿，清顺治十二年（1655）自常山迁至江山清湖。

满江红·赋峡口镇广渡古村

王厚让

狮象把门，武当赛，毛家一脉。冈叠翠，曲栏凭处，尽园林宅。郯水长流曲项吭，青松敢与庐山敌。田畴里，牛啸和蛙鸣，声声律。

牌楼忆，祠堂迹，倭债柱，洞可觅。信仁忠孝义，承主簿绩。孟训先贤遗性善，颜师晚辈铭心籍。千百年，武魁又文昌，须江翼。

清湖三题

周群琪

江山市清湖镇溪东有一门亭，书有"清溪锁钥"四字。

清溪锁钥

从繁华走来，这里
是古道的尽头
我想象着，我
唱着船歌而去，这里
是千帆竞扬的码头
哦，一湾清溪碧流
横贯浙西如虹
更似一把打开
浙闽要会的锁钥

我愿是一位挑夫
肩上的浦城担一头
担起钱江的潮声一头
担起闽北的山货

小江郎

《浙江通志》载：（小江郎山）"在清湖，峭石悬潭，与浮桥映带，鲦鱼翕聚，宛然濠濮之间。"

耐得住几千年的寂寞
澄潭里甘与蛟龙为伍
山在水中水在山中
山水交融

我想有一天
清溪老了芙蓉出水
三峰尽显峥嵘
谁与争锋

旧　街

走出集市的喧哗
是旧街的曲折
繁华散尽
只有零落的脚步
还有多福寺的禅声在
尘封的雕梁和散落的花窗间
随风飘零

旧街的尽头
是已显老态的清溪
我欲把心事付诸流水
读着"清溪锁钥"
聆听着门亭里
当年卖茶的叫声

秋上仙霞关五咏[①]

周辉芬

仙霞关初识杜若兼谢诗友徐兴

楚辞行间时相见，
本草纲目几度闻。
正是仙霞好风景，

---

①秋上仙霞关五咏：此五咏乃步杜甫《江南逢李龟年》韵作。

单思一生初识君。

五上仙霞关兼怀表姐

秋林浓绿鬓落霜，
行道蹒跚花果香。
故人不知何处去，
关圣帝前祈安康。

咏南五味子

龙井古道喜相逢，
奇装独秀乱草蓬。
颜胜红李招人爱，
五味俱全铸芳名。

过率性斋

出生入死抗倭酋，
忠孝双全世罕俦。
功罪千秋任判断，
唯有故乡挂心头。

菊花碑有感

仙人骑鹤虹霞飞，
将士报国日寇摧。
浴血雄关硝烟散，
为何独尊菊花碑。

风信子·仙霞古道（外一首）

毛谦义

熏风南来，
裹挟南国的氤氲，
凝秀春的漫散，
飞渡仙霞层峦。

叩过枫岭关隘，
寻霞客履踪。
水安桥小憩，
廿八都踯躅，
风掠过，
终没停歇疾行的步。

石鼓香溪，
龙井绿茗，
煎泡出碧野清景。
仙霞道上，
唐风依旧，
一梦千年，
在春声里唤醒。

三卿口瓷韵，
穿越清风岚音。

峡里风呢喃，
只说亘古风情。
江郎雄浑，
接云摩天九重。
清漾文脉，
幽深藏底蕴。
清湖码头，
孤帆寡影远去，
一篙钱塘，
无限江山接海天。

日月光华，
风月无边。
春声如歌，
生生不息，
多想做回风信子，
在春天里翩跹。

古道守望

见你走来，
望你远去，
相守千年古道，
只为途中的一眸艳遇。
你蓦然回首，
我怦然心动，
嫣然一笑，
竟香醉了千年。

触摸仙霞古道

罗 芬

一

一弯彩虹飞架
穿云绕月
一道石桥连接
翻山越岭
一根扁担穿越
走南闯北

二

每一步
都是千年的跫音
石阶，细细密密的利齿
紧紧咬合日月星辰
苦辣酸甜双脚量
草木可知？

每一滴汗
都是时光的闪亮
浦城担，老老小小的纤绳
深深勒进岁月肩头
聚合离散一肩挑
古道最懂

三

秋阳正好

微风不燥

一只蝶在浮桥头

振翅欲飞

庄周梦蝶,蝶恋观前

南浦溪滔滔

丝绸柔滑在手

香茗舒展在杯

眯眼打量今古传奇

清湖码头—观前村

艄公的叮咛上岸

钱塘江—闽江

挑夫的笑靥背负

乘长风

破万里浪

直挂云帆济沧海

四

肉眼凡胎

无法穿梭江浦千年隧道

好在一颗慧心可以

九牧街鱼梁驿观前村

廿八都龙井村保安乡

女儿井清溪锁钥

再盘桓
也抵不上
目光多情聚焦
脚步深情丈量

灵魂动情触摸

七绝·月夜小江郎听曲（外四首）

王淑贞

冰轮皎皎照溪亭，堤柳如烟隔岸青。
一样琴声一样月，从君去后不堪听。

七绝·清溪送别

帆影渐消人去遥，多情犹自立虹桥。
归来触目相思痛，永夜相思付紫箫。

七绝·清湖街老茶馆

酽茶几盏消寒暑，时聚八仙侃大山。
国事民生都议遍，胡琴声里忆流年。

五古·清湖渡送人

弦系孤帆瘦，篙牵绮梦凉。垂杨着暮色，素月冷风裳。
别去群山远，归来一水长。眸前花雨落，消散满帘香。

浣溪沙·古镇新颜

峭壁悬潭锁玉烟，白墙黛瓦绿荫间，清溪汩汩已千年。
兰桨荡开星月路，高歌响彻水云天，笑看古镇换新颜。

七绝·广渡四章

毛卓兴

一

广渡纯阳似画屏，
满川烟雨锁楼庭。
粉墙黛瓦波光映，
水碧风柔洁又馨。

二

殿阁悠然不近家，
儒生借此蕴风华。
窗前广渡千帆尽，
屋后嵩峰万顷花。

三

祠堂不复旧时样，
恍惚此间为故乡。
六子七名成往事，
千秋万代赞华章。

四

白首犹怀垂髫悲，
庙堂丹诏已迟来。
江边绰楔高三丈，
堪似上虞梁祝台。

印象保安

毛武德

一

一条古道通浙闽
一担两江千夫吟
一脉关隘镇倭寇
一代枭雄风雷听

二

一朝天子遗后裔
一壶绿茗帝王饮
一片霞光映碧血
一声枪响敌酋落

三

一方森林蕴古今
一汪碧水映月影
一座箬山神仙居
一方烟火最纯真

四

今天的保安
山无尘水无尘

一草一木皆清新
红尘滚滚
我们　都心心念念
想做一个这里的人

仙霞行

徐春燕

我想象的盛开：风，
从你的小城外，另起一行
我构思的小诗，有小溪
稻田　蜿蜒绵亘的仙霞岭

野花儿简单地开着
匍匐在错落的河床里
晚归的农夫肩扛竹竿
小黄摇晃着尾巴，紧跟

飞连排瀑布停下如丝的喧闹，安静的山脉
倾听他们的脚步
待袅袅炊烟升起
把他们胸中的浪漫与丰实给你

如果，一定有那么一次际遇
请让风覆盖我的兰亭
铺开的画卷上，有我
青瓷的山庄，炉火已生了起来

仙霞古道挑夫（外一首）

毛巧仙

笠帽绑腿草鞋
仙霞古道挑夫
高大威猛的汉子
一根维系家人生活的硬木扁担
一头挑着日月星辰
一头担着妻儿期冀
一挑就是一辈子
昭明桥慕仙桥仙霞桥福京桥水安桥……
桥桥印下你的足迹

汤布担拄箩筐
仙霞古道挑夫
担当剽悍的汉子
一根四尺五寸长的硬木扁担
一头挑着寒暑春秋
一头担着甜酸苦累
一挑就是几代人
清湖岭窑岭小竿岭梨岭渔梁岭……
岭岭俯伏你的脚下

汗水青春生命
仙霞古道挑夫

顶天立地的汉子
一根官府注册特制的硬木扁担
一头挑着五千年的东方文明
一头担着海上的丝绸之路
一挑就是几百年
白居易王安石苏轼欧阳修辛弃疾……
频频颔首擦肩而过

古道徒步肩挑
七十多公斤的担子，一百二十余公里的长途
四天三夜，日行三十多公里
一行数十人清湖始发浦城为终
一头挑着南北货物
一头担着古道风情
险路如搓板空手尚难行
仙霞古道挑夫肩挑重担如履平地
从此你伟岸的身影住进了历史的华章

重走仙霞古道

落脚仙霞古道
青石、落叶、荒草
蜂拥而来
争相招呼我
释放压抑多时的热情

路边的野菊花
寂静怒放
摇曳的凤尾竹
轻声吟唱

一阵风来
他们交头接耳低声细语
在诉说
心中的寂寞和曾经的繁盛

古道全长一百二十公里
翻山越岭穿村过涧
静谧幽长曲折
像一条卧龙
蜿蜒在深山沟壑中
已被时光遗忘

千年古道沧桑
从唐宋元明清走来
历经岁月风尘
一步步一寸寸
都写满历史的印痕
像一位耄耋智者
偶尔和亲近他的人握手话当年

七言绝句·清溪怀古（外九首）

叶翠青

一

古埠驿门通远岫，江船渔火照清波。
空山曲径云和月，细雨寒流笠与蓑。

二

驿路千寻通剑浦，清溪百折入钱塘。
挑夫络绎春秋苦，贾客参差四季忙。

三

曲岸空余新钓客，清溪不见旧花船。
凭窗每忆怜风月，入梦犹闻抚七弦。

七律·清漾赞铁面御史毛恺

谦谦士庶慕青川，蹇蹇公卿不爱钱。
奉诏巡行心带竹，寻源献纳梦思莲。
鼎新革弊邀新月，执法严明涤远烟。
三部尚书标后史，两朝天子敬臣贤。

七律·旧街新貌

时闻古邑多仁政，不见荒庭妪叟孤。
养老花前如旧乐，移家窗下复相娱。
观云赏月悠悠得，听雨登山扰扰无。
大国情怀化春雨，闾阎风物自沾濡。

绝句·过保安窑岭

清溪九曲辞梅岭，碧树莺花绕古村。
幼叟同声歌税政，洛阳纸贵一时喧。

七律·文昌桥

古道桥头古樟迎，盘枝虬曲气飞宏。
石栏无砥千年渡，风穿洞门一线横。
清水涓涓花似雪，石斑隐隐自寻情。
今成风景无限好，佳眷留芳水中行。

绝句·慕仙桥行吟

桥上苔痕涩，水中松影斜。
慕仙人有志，古道客还家。

绝句·保安老街探访戴笠秘宅

戴笠楼前月，保安街上人。
毁誉千古事，荣辱一朝臣。

临江仙·游仙霞关有感

——乙未年五月游仙霞关

仙霞翠竹千顷立，
铜匙锁住群峰。
烟云春夏与秋冬。
巨松凝碧色，
蓬勃亦相融。
千军万夫关前鞠，
谁留佳话丰功？
吾今登顶忆尊容。
古今多少事，
大浪逐英雄。

七律·登嵩峰山远眺广川美景

秋日登高寻故地，晓霜乘兴出交游。
孤峰触目层峦翠，绝壑惊心石磴幽。
老杏禅房寥寂寂，空山古寺静悠悠。
凭栏浙赣收云底，放眼平川尽是楼。

诉衷情·枫溪水安桥

余曾在廿八都林业派出所工作近八个年头，对古镇一草一木皆怀深情，今故地重游，目睹旧貌新颜，崇古争新，特填诉衷情一阕祝贺。

庐峰倒影映清粼。老街旧曾巡。霜花秋枫桥下，踏雪载归人。
珠子岭，踏歌尘。上青云。人文飞地，旧貌新颜，崇古争新。

古道魂

毛香菊

一千一百多年前，
巢哥挥臂令下，瞬间，
万千块垒腾飞于仙霞山冈，
浙闽赣脉脉相连的筋骨交汇处，
四道古朴而奇崛的关卡据守山巅。

如同鹰隼的视野慑守八方，
深山古道，如涧水般缓缓流淌，
仕宦商贾，烟火茫茫，

战马嘶鸣，喋血山冈，
巢哥的咆哮在空谷中久久回荡。

关帝庙岭顶亭，小竿岭龙井村
一路向南，一万八千米的跋涉，
一座青瓦白墙的古镇映入视野，
五湖四海的声音，众多的姓氏，
古道孕育了它鲜活的心脏之镇廿八都。

七十多年前的夏天，
日寇炮火烧红霞关上的云朵，
古道又飞血，金戈铁马挡住外族
越过东南锁钥八闽咽喉，
仙霞儿女以少胜多再铸天堑刚强。

二十一世纪秋的古道，
巢哥的英姿神颜宛在，
四方之士瞻仰其容扼腕其碑，
古道西风猎猎，马蹄依稀，
英雄魂魄随山中清风驻留世人心田。

忆秦娥·仙霞道

余和妹

挑夫步，仙霞岭上云天路。
云天路，颗颗汗水，散开寒雾。

人间正道沧桑负，马蹄踏燕诗词赋。
诗词赋，青山依旧，四关犹固。

七古·浮盖山放歌（外一首）

王庆华

江邑南屏远，古镇东南浮盖绵。
霞客三探阅，磐石累翠登琼天。
枫叶染岭旌旗烈，横亘东西忆硝烟。
云峰逶迤泯藩篱，江郎支庶定三边。
澄望道，拽高风；
叹江山，多娇雄。
步石径纤折，撩竹木眉梢；
观云峦奇变，拾野趣隙涧。
望山民居叠翠，听梵音卧净宇。
幽洞冷泉弄闲客，古木参天钓清空。
仙坛虬松烹云流，犁石耕天播雨种。
春藏残雪，秋摇木栗；
夏眠云被，冬萌岩茶。
洗尘净心户，觅凉乘雅风。
坐石如浮驾苍龙，卧雾轻飞巡九天。
青狮吼闽山，白猴望苍穹。
龙洞奇鬼盘古劈，线天开合纳晨昏。
日月交辉孕天地，穷通吐纳呈衰华。
玉笋向天沐清风，磐石幽谷布琼泉。
纱帽垂九天，棋盘走山河。
拈来上古骚风，泼出水墨古州。
放歌长啸云天外，且住蓬瀛伴仙朋。

蝶恋花·霞客里山行

浮盖崔巍风景俏。怪石拿云,贴着清风笑。
穿越雾纱撮口啸。文人骚客烟云峤。

欲饮琼浆泉涌窍。革面涤心,内外光华曜。
霞客里山眠古庙。多情吟者留芳妙。

七绝·诗吟保安四首

徐 太

慕仙桥

一拱横空展伟姿,双松对峙话传奇。
志南① 仰慕中山向,名命慕仙新建圮。

鳌顶村

云端鳌顶李祠悬,上溯李唐祖李渊。
古树森森遮烈日,林间游客入仙川。

箬山花

连绵竹海土房檐,油菜梯田百亩连。
央视银屏花海灿,山村画卷展门前。

---

①志南:即戴志南,他系早期同盟会会员,非常仰慕孙逸仙的革命志向,把新建桥梁命名为慕仙。

石鼓溪

潺潺激撞水鱼清，滑润光鲜野石灵。
富氧天然清肺气，常年光顾欲高龄。

游浮盖山

周淑清

试着想把
所有的山洞爬一遍
伤心的是
不能如愿
试着想把
所有的希望寻一遍
可喜的是
你还在原点

莲花洞
送子观音的宝座
经年未变
洞口依稀缕缕光线
轻抚着探险者的脸
小心翼翼
步步生莲

叠石寺庙

竹影舞纤
山道弯弯
烟袅烛燃
放生寺内山泉绵绵
几多寂寞凭谁诉
入寺随俗有几人

石石有灵
洞洞藏仙
移一步历经艰险
猛回首别有洞天

浮盖奇石似盖是石
千万年来
你朝暮与日月同往
终究是生生不息
俯瞰着
大地

我们
立于山巅
蓝天如碧
磐石奇悬
静谧的四周
似乎有招呼声
去
探看更悬的
金山银山
徜徉更美的
绿水青山

慕仙桥

郑欣丰

傲然挺立的厚重的身躯
如同壮硕的挑夫的臂膀
无论风霜雨雪，无论烈日严寒
你总是这么慈祥而憨厚
任凭艰辛苦难的步履
从你的胸膛踏过

你总是这样默默地关注着
每一个脚步的声音
你总是这样安静地倾听着
每一个心灵发出的痛苦的呻吟
你总是温柔地守护着
每一次无奈的思绪远去的背影

无论水流或缓或急
你都是从容淡定
无论河水或深或浅
你都是一样一样度己度人
直至满天星光毫无怨气

百年而下历历在目
禅心相伴

岁月苍老了容颜
你一如慈祥地守望
守望归来的人们

古道情几许

罗　锋

清溪门亭

老门亭、马头墙
"清溪锁钥"
风风雨雨
伫立清溪畔
一笔一画勾勒老旧故事
古镇、古码头、古道
繁盛如梦
荒芜如烟

一觉醒来
船娘未老，清溪清且长
挑夫老去，老街厚而净
船只翻新，码头复又明
扁担擦亮，古道静并远
船歌又起

仙霞古道石

千年无非一瞬
匍匐大地

谛听
冲天将军辟路
徐霞客留踪
陆秀夫阻击元军
抗日将士浴血奋战
挑夫的汗滴
记取南来北往
血汗与欢歌

凡所有相皆是虚妄
石头的心
岁月缄默的留声机
忍辱持戒精进
坚韧打磨
不老的省略号
沧桑闽浙肩头

里山磬

模糊的图案
斑驳的文字
袅袅余音
七百多年传说
至今绕梁
黄狗选址
渐次兴建
大神治病安民
佛号续念不断
护佑一方净土
霞客步履

历历在目
竹木森森
白云悠悠
无须叩问
白花岩磊落
宝磬道心一片
遍虚空法界

林木森森,竹海摇漾,春天,一年之计在于春,智慧是生命之源泉。

小说故事

我的目光游走于小山溪、沃野、古木与黛色的远山,咀嚼这垄田里初春的况味。

徐霞客与黄精乌鸡煲的故事（民间故事）

艰 辛

明朝有个大旅行家徐霞客，他游遍了大江南北，专门探奇访胜。当然他也知道江山神奇的江郎山，他先后多次来过江山，有史料记载的就有三次。许多人以为他这么多次来江山都是为了游玩江郎山，其实都错了！第一次他来江山，确实是因为江郎山三峰的雄奇壮美；而之后几次来江山，完全是为了看望他的干妈。

徐霞客在江山认了个干妈。他为什么要在江山认个干妈呢？因为一位老大娘救了他的命。

那时交通不怎么发达，既没有马路也没有车子，有钱和当官的出行也只能坐轿或乘马车，抑或骑马。徐霞客不是什么官，也没有钱，他游历探险的名胜奇景都是荒无人烟之地，必须披荆斩棘，跋山涉水。所以，即便有钱他也不可能坐轿乘马车，或骑马，只能靠两条腿，其辛苦艰难可想而知。

就在徐霞客第一次来江山的时候，他是从江苏一路走来的，长途跋涉，加上缺乏食物营养不良，疲惫不堪，但他仍咬着牙坚持走着，打算到江山城里歇息。当他走到江山境内的岩下村一座叫菠萝盖山的山脚下时，终因过度虚脱，昏了过去，不省人事。

这时，村里有个姓郑的大妈挎着一只大竹篮刚从山上采野菜回来，路过菠萝盖山脚下时，发现一个男子倒在路旁。他的身上背着行囊，身边有一把铁锹，不禁大吃一惊。郑大妈是个胆大心善之人，她没有被吓跑，立马放下竹篮上前仔细察看。只见昏迷者是个面目清瘦、长须及胸的中年男子，用手试了试他的鼻孔，还有气，身上没有被伤害的痕迹，看样子该是他自己昏倒的，现在还有救。她先按他的人中进行急救，呼唤他快醒醒。果然，片刻他就苏醒了。郑大妈赶紧扶他坐起来，问他哪里人，怎么会昏倒在这里。郑大妈说的是江山话，徐霞客听不懂，但能猜出话里的意思，便告诉她自己是江苏人，从江苏老家一路旅游探险到浙江，已经有数月之久，今天特地来江郎山探险，因身子极度疲乏，加上饥饿虚脱，不知不觉就昏倒在这里了。他对郑大妈的出手相救非常感激，表示日后定会报答。郑大妈这才知道事情的前因后果，她对他的行为感到非常奇怪，世上竟有这样的人，她非常不理解，为什么一个人要大老远跑来探险呢？多辛苦，多危险啊！但对这样一个怪人，她也不知该说什么话才好。她扶他站起来，徐霞客道过谢后还想赶路，可郑大妈觉得他实在太虚弱了，没走多远很可能又会晕倒，此时天色已晚，便动了恻隐之心，用江山土音浓重的话说，让他到她家歇息。徐霞客觉得自己遇上了好心人，眼下只能如此了，便答应下来。

休息了一会儿，恢复了一些体力，徐霞客自己能走了，他拾起铁锹，用铁锹当拐杖，跟着郑大妈走了半里路，看到一栋茅草屋，那便是郑大妈的家了。家里还有一个老头，他见老伴带来一个陌生的男子，很是奇怪。郑大妈把在路上的事讲给老头听，老头说她做得对。他客气地对徐霞客说，没有好酒好菜招待，只有粗茶淡饭，请不要见怪。徐霞客自嘲地说，我已成落魄之人，哪还有什么资格挑三拣四啊，给一口粗饭足矣。

话虽这么说，但郑大妈却为徐霞客着想，她觉得他天天爬山走路连续数月，身子已经严重虚脱，元气大伤，急需要滋补，恢复元气，否则明天再赶路，走不了多远又要出事。她意识到此人不是平凡之人，而是个干大事的非凡人物。她想做一只乌鸡煲给他大补身子，使他尽快恢复元气。但她这么做付出的代价太大了，老伴能接受吗？她把自己的想法悄悄地告诉了老伴，老头不禁一愣，像不认识似的瞧着她，说一个非亲非故的外地人，你救了他还留他吃饭住宿，已经是菩萨心肠了。我们一年到头只有过年的时候才能吃上乌鸡煲，你却给他炖乌鸡煲，他用什么来报答我们？会给我们很多银两吗？我看他就是个穷汉子，说不定还是个疯子哩。老头知道，家里养的那几只白毛乌骨鸡留给春节三个女儿及女婿来拜年时做乌鸡煲招待用的，不行！老两口儿竟因给徐霞客炖乌鸡煲之事争了起来。但因客人在家里，老两口争了几句就罢了。徐霞客听不懂老两口为什么吵架，以为是因为郑大妈留了自己才引起的。他告诉郑大妈让他走吧，郑大妈却不肯，徐霞客只好留下。

　　郑大妈很固执，坚持要宰白毛乌骨鸡给客人炖乌鸡煲，老头拿她没法。但他想问个明白，这位被他老婆救起并带回家的男子究竟是什么人，他不愿意宰了自己的白毛乌骨鸡炖的乌鸡煲给一个陌生人滋补。老头便问起徐霞客的出身和来历，为什么要东奔西颠地游玩。徐霞客告诉了他自己的名字，家住何方，自己不是为玩才周游全国各地的，他是为了写部书，而要写好这部书必须去游览考察。他还告诉老头，他在游历考察过程中，曾经三次遭遇强盗抢劫，他的行李、盘缠都被洗劫一空，人也险些丧命。当时，不少人都同情他，有人劝他回去，并愿意给他出盘缠，但他却坚定地说："我带着一把铁锹来，什么地方不可以埋我的尸骨呀！"他继续顽强地向前走去。徐霞客先后有四次绝粮，没有粮食了，他就用身上带的绸巾去换几竹筒米；没有盘缠了，就用身上穿的夹衣、袜子、裤子去换几个钱。就这样他一路走来，走到了今天仍在走，他发誓不走遍全国不罢休。

　　老头不知道徐霞客要写的是什么样的书，但听了徐霞客讲述的遭遇和他的执着，老头被感动了，他终于依了老伴。叫老伴去烧汤，等汤烧开了，他就去捉了一只母的白毛乌骨鸡，宰后煺毛剖腹，三下五除二就让一只白毛乌骨鸡变成了一只浑身乌黑的肉疙瘩了。徐霞客非常好奇，边看老头宰鸡煺毛剖腹，边问，明明这鸡是白色的羽毛，拔了毛后身子怎么成黑色了呢？老头告诉他这是江山特有的鸡，叫白毛乌骨鸡，是鸡里最滋补的。徐霞客说，这么说不仅它的肉是乌黑的，连骨头也是乌黑的，对吧？老头点点头，告诉他现在郑大妈要用这只乌鸡给他做乌鸡煲了，到时他能吃到味美又滋补的乌鸡煲了。徐霞客不好意思地说，使不得，使不得，这下他才恍然大悟，原来刚才老两口就是为做这个乌鸡煲才起争执的。他觉得郑大妈太好了，心生愧意，真不知如何报答她。但鸡已宰，郑大妈开始张罗了，他也不便阻拦了。

　　乌鸡煲不是随便做的，非常有讲究。具体操作是这样的：先将宰杀涤净的母乌骨鸡斩成小块，用少量盐、白醋搓揉，置二十分钟后用清水清洗干净；再将黄精、党参放小陶罐里先浸泡二十分钟，大火烧开，再改文火煎二十分钟，作备用；取一大陶罐，罐底放三片生姜、七根葱茎，放入鸡块，再倒入煎好的黄精、党参汤，汤必须没过鸡块，然后加入少许黄酒，盖上罐盖，放炉上文火炖两个小时，鸡块熟烂后添适量盐即可食用。如此做出的乌鸡煲色香味俱佳，而且大补。

乌鸡煲还没端上桌，一股诱人的奇香就在茅草屋里弥漫开来，令人垂涎欲滴，徐霞客禁不住叫起来："真香啊！"郑大妈笑吟吟道："马上就好。这罐乌鸡煲我是专为你炖的，你不用客气，能吃多少就吃多少，放开肚皮吃，很补的哦。"说罢，郑大妈小心地把炖熟的乌鸡煲端上来，打开罐盖，浓郁的肉香扑鼻而来。郑大妈先盛了一碗乌鸡汤放在徐霞客面前，吩咐他："营养都在汤里，你先喝了这碗汤吧。汤很烫，小心烫着。"徐霞客点点头，此时他饿得喉咙里像要伸出手来了，只要有吃的东西他都想一口吞下去，更何况摆在他面前的是一碗喷香诱人的乌鸡汤！他小心地用调羹舀起陶罐里的乌鸡汤，先深深地用鼻子闻着吸着，不停地说"好香、好香"，再用嘴吹了吹降温，然后才送进嘴品尝。顿时，他兴奋地大赞道："很鲜！很美！味道好极了！我走过这么多地方，还没尝过这么鲜美的汤呢。"

郑大妈笑道："嗯，是难得的美味佳肴。你喝吧，慢慢来，多喝点。"

徐霞客没等汤的温度降下来，就把一碗仍有点烫嘴的乌鸡汤喝掉了。这时，郑大妈又夹了一只乌鸡腿放他碗里，催他快吃，要趁热吃。徐霞客也不客气，用筷子夹起乌鸡腿啃起来，几口就啃光了肉，发现鸡骨头也是乌黑的，他好生奇怪，干脆把鸡骨头也嚼碎了，吐出来一看，连骨头里面的骨髓也是黑的！没想到江山还有这么奇特的鸡，难怪味道那么鲜美！徐霞客叫郑大妈和老伴一起吃，郑大妈告诉他这个乌鸡煲是专为他炖的，让他先吃，吃剩了她和老伴才能吃。徐霞客觉得她的心太善良了，对他这个无亲无故的外乡人竟然这么好，是世上少有的大好人，激动地流出了热泪。虽然她这么劝他，但他绝对不能不知礼节地贪吃独食，他停下筷子不吃了，说老两口吃了他才会再吃。郑大妈笑着说："好好好，我吃。"看见老两口夹起鸡块吃了，徐霞客才去动筷子。徐霞客不拂郑大妈的美意，放开肚皮大吃大喝起来。

吃饱喝足后,歇息了一会儿,徐霞客就觉得原来丢了魂、散了架的像团棉花似的身子,眨眼间又变得有力气有精神,甚至连眼睛也明亮起来了。简直吃了仙丹神药!有了精气神,他的说话声也大了许多,他惊喜地把这个变化告诉了郑大妈夫妇,赞美老两口给他炖的乌鸡煲,称郑大妈就是活菩萨,对她感激不尽。

　　听了徐霞客的赞扬,郑大妈心里可乐了,她说我炖的乌鸡煲能给你恢复元气、滋补身体,我心里很高兴,这说明我做的乌鸡煲还是正宗的。

　　大补之后,徐霞客的元气和身体基本得到了恢复。第二天早晨,他要告别郑大妈老两口去江郎山了。临别时他对郑大妈千恩万谢,无以为报,只拿出一点碎银来,说略表心意,却被郑大妈谢绝了。郑大妈知道他身上不会带很多钱,让他留着路上用,然后向他提出一个请求。她恳求道:"徐先生,我知道你是个不怕吃苦、懂得知恩图报的好小伙,大妈我这辈子只生了三个女儿,没有儿子,我想认你做我干儿子,你能答应吗?"

　　望着郑大妈恳切的目光,徐霞客犹豫了一下,他说:"郑大妈,不是我不愿意,因为我常年漂泊在外,风餐露宿,四海为家,恐怕没有孝敬您的机会,一定会让您失望的。"郑大妈认真地说:"徐先生,我不介意,你有你的大事要做,我理解。既然我和你有缘分,也不在乎你在不在我身边孝不孝敬我,只要你答应做我的干儿子,我就心满意足了。"

　　徐霞客终于放下心来,当场答应了,并跪下向她施礼,亲切叫道:"干妈,请受干儿子一拜!"郑大妈大喜,甜甜地应了一声,赶紧扶他起来。徐霞客起身,分别又向郑大妈老两口行礼后,背上行囊,提着铁锹一步三回头地离去。

　　后来,徐霞客云游四方返回江苏老家,心身皆已疲惫,便想起在江山吃过的干妈给他做的乌鸡煲,当时他亲眼看着郑大妈如何制作,并默记于心,于是他照方抓药,采购来一只母白毛乌骨鸡,以及黄精、党参、黄酒等食料,一样不少,也用陶罐炖了两个小时,可是做出来的乌鸡煲不仅味道没郑大妈做得那么鲜美,而且也没郑大妈做得那么补、那么灵验,吃了后身体的元气也没有得到及时恢复。他不信,明明不折不扣按郑大妈的配方和制作方法做的,宰杀的也是母白毛乌骨鸡,究竟是怎么回事呢?第二天他又重新采来食料,又做了一次乌鸡煲,可结果还是一样,总做不出郑大妈的味道和效果,他冥思苦想,却找不出原因。

两年后,徐霞客再次来到江山,看望了郑大妈,他送给郑大妈一盒家乡的藕粉和一块绸布作谢礼。这时,他提起了做乌鸡煲之事,告诉郑大妈,他在家中也做过乌鸡煲,食料一样不少,可总做不出郑大妈做的味道和效果,问她究竟是什么原因。郑大妈不用问便知问题所在了。她笑道:"因为你的白毛乌骨鸡和黄精都不是江山产的,而且黄精要酒制过的才行。所以你做不出像我一样的味道和效果,这就不奇怪了。"徐霞客恍然大悟,原来只有用江山本地产的白毛乌骨鸡和酒制黄精,做出的乌鸡煲才是正宗的,不仅色香味俱佳,而且大补。这回,郑大妈又给他做了一罐乌鸡煲,徐霞客又吃到了久违正宗的江山乌鸡煲了。

徐霞客三番五次来江山看望郑大妈,醉翁之意不在酒,原来他是为了吃郑大妈做的正宗的乌鸡煲哇。

刘家福起义

周建新

刘家福接连带领饥民抢了两大财主恶霸的米行，就不是简单的刁民抢劫事件了，而是有人蓄意谋反。几十年前有太平天国运动，现在又有北方义和团与朝廷作对。江山知县周绪一惊恐不已，下令全力缉拿刘家福。刘家福不敢走官路，只得抄小路，而且昼伏夜行。刘家福盘算好了，南面是浙闽交界处，过去就是福建浦城，又是大山区，是避难的理想场所。

闯过几重关隘，几经辗转，最后刘家福的脚步停留在离浙闽交界处三十里外的浦城县九牧镇。九牧不是江山地盘，江山官府管不着，相对比较安全。更重要的是，九牧还是个非常特殊的山区小镇，正中刘家福的下怀，以前他和义兄吴嘉猷去浦城拜师学艺，多次路过此地。先从地理位置来看，九牧镇四面环山，中间一条官道，向南经仙阳重镇可抵达浦城，向北出仙霞岭可到江山，地方虽小，却是浙闽之间交通要冲。贯穿小镇的这条官道极不寻常，闻名于世的仙霞古道便是这条官道，又称江浦驿道，北起浙江江山，南至福建浦城，是京（城）福（州）驿道极其重要的一段，史称"浙闽咽喉""东南锁钥"。该官道始建于唐朝，由黄巢起义军所开辟，是唐以来兵家必争之地，又是海上丝绸之路上一条重要的陆上运输线。《读史方舆纪要》记载："凡浙入闽者，由清湖舍舟登陆……以达闽海。"当时江浙闽赣皖盛产丝绸、瓷器、茶叶等物资，通过船只，这些物资由钱塘江逆流而上，至江山清湖码头，再由挑夫经仙霞古道运往福建浦城，然后从浦城码头运往福州、泉州等港口，并通过海上丝绸之路出口国外。挑夫队伍庞大，每天达数千人之多，长达二百四十里的仙霞古道，挑夫络绎不绝，宛如一条难见首尾的长蛇，形成了蔚为壮观的挑夫大军。不过，古道上官员客商往来也非常频繁，这倒让刘家福有点提防了，不怕一万，只怕万一，一旦走漏风声就会招来麻烦，甚至杀身之祸。但他还是把它视作一块宝地，就在这里落脚。

对刘家福的这番盘算，三个兄弟非常赞同。可他们只能看到刘家福表面上的盘算，刘家福肚子里的盘算就不得而知了。刘家福表面上是为了躲避江山官府的缉捕，而他肚子里的盘算就有深意了。正如刘家福已经说出口的："一不做二不休，干脆反了！"大丈夫一言九鼎，刘家福铁了心要造反。连续率领饥民成功洗劫了县城万昌米行和清湖老七米行，两次惊天动地的造反经历，催发出他久埋着的野心的芽苗。他知道自己走上了不归路。但他不是头脑简单的一介武夫，他的眼睛比谁都看得远。九牧离浙江江山不远不近，离福建浦城也有几十里路之遥，万一遇上官兵来缉拿，即刻可往山上逃匿；将来一旦举旗起义，进可攻退可守；再则九牧人来人往商贾云集，若在此开一爿店，不愁无生意，不仅自己和兄弟们的衣食无虞，而且可积攒银两，到时起义派得上用场。九牧能让他一举三得，再也难寻如此理想之地了。举旗起义是他的野心，但现在谈论为时尚早，八字还没一撇呢。

刘家福一行四人抵达九牧已是傍晚，正是下饭馆的时候。现在生意最火的就是饭馆，一连寻了十多家，家家都客满为患。徐培扬提议，先找客栈，再去饭馆，不然饭馆没座位，到时客栈也客满了，弄得两头空。刘家福觉得也是，一路寻去，没想到还是迟了，最终只在街尾寻到一家不起眼的老客栈。这家客栈位置有点偏，在街尾高处的山边上，取名有点意思，叫"挑夫客栈"。古道上最多的人是挑夫，最穷的人也是挑夫，看来挑夫客栈是特地给挑夫开的，虽泥墙瓦顶的房子很阔，住五六十人也不在话下，却显得异常冷清，住客栈的人没几个。也难怪，客栈在街尾且在高处，想住宿还得多爬二十多级台阶的石头路，有钱人哪看得上！没钱的挑夫不想留宿，想留宿的却又不想再挑着沉沉的担子上去下来，也就没兴致了，宁愿几个同伴借人家屋檐或到路亭，甚至桥洞里聚拢一起挨过一夜。老板姓吴，是个老者，当问及生意为何如此惨淡，吴老板坦言，不是挑夫不选挑夫客栈，而是挑夫客栈选错了地方，所以别家的客栈一床难求，而他的客栈门可罗雀，好在房子是祖宗留下的，经营的又是一家三口，才勉强度日。见刘家福四人寻来住店，吴老板显得有点激动，此客栈本不提供酒菜，得知刘家福四人尚未用膳，特地给他们做饭。

客栈只一个店小二，便是吴老板的儿子吴如海。吴如海脚下生风，动作利索，抹桌凳，送茶水，招呼客人，没得说。有功夫的人眼光也特别，刘家福一眼就看出吴如海不简单，身上定有功夫，心里萌生试探一下的想法。趁吴如海端上酒菜之际，刘家福故意用脚一绊，普通人非摔个"猪啃泥"不可，但吴如海却轻巧地避过去了，他好像早有防备似的。刘家福拍拍他的肩膀，对他友善地笑道："看不出，小弟有两下子。"吴如海"嘿嘿"地报以一笑。

同样是饥肠辘辘，另三个兄弟是大口吃喝，频频干杯，只有刘家福细嚼慢咽，仿佛在想着什么心事。毛歪头劝道："家福兄弟，你咋不饿？快吃呀。"周东华端起酒杯就和刘家福的酒杯碰："家福哥，莫非你还在担心啥？从今往后，我们兄弟四个有福同享有难同当，纵有天大的事儿，我们都会替你扛着。别想太多了，来，喝！"

徐培扬倒比他俩有见识，他说："家福不是不饿，也不是担心啥，而是在琢磨一件事，一件大事。家福，我说得没错吧！"

刘家福终于笑了："知我者培扬兄也。我的确在想一些事情，待我有些眉目再告诉各位兄弟，如何？"

周东华点点头："好！现在要紧的还是填饱肚子！"

由于几日不停地奔波，四人都十分疲惫，吃饱喝足后，挨着身子倒头便睡，很快鼾声如雷了。

翌日晨，兄弟三人还在床上睡大觉，刘家福便起来了。早在忙碌的吴老板见了友善地和他打招呼，刘家福也礼貌地说自己出去走走，俨然一个指挥作战的指挥官去观察地形。

刘家福叉腰站在坐落高处的挑夫客栈门前，晓风拂动他的衣角，如一面小旗。一眼望去，一条自浙江江山方向蜿蜒而来的仙霞古道横亘在眼前，像条巨蟒朝福建浦城逶迤而去；古道上形成长蛇阵的挑夫正挑着沉沉的担子向浦城疾步走去，兴许住了一宿养足了精气神，脚步又快又稳。他们头戴斗笠,每人肩上扛着一根担拄,嘴里齐整地喊着"嗨哟、嗨哟"的劳动号子。此刻,眼前这支浩浩荡荡的挑夫队伍,在刘家福眼里却是一支起义大军,他们手里拿着的不是担拄而是长矛,他们嘴里喊的不是劳动号子,而是冲锋杀敌的口号。刘家福笑了,那是他正为自己美妙的想象而自鸣得意的笑。他还想象着这支庞大的起义大军是他麾下的部队,他正率领他的起义大军杀向恶霸和官府……

  一支挑夫大军引发的遐想让他兴奋,还有让他兴奋的是挑夫客栈特殊的地理位置。前面说的九牧的特殊地理位置,进可攻退可守,是从大的方面说的,有利于起义队伍。而挑夫客栈的地理位置是从小的方面讲的,挑夫客栈位于古道最北端山脚跟的高高的土墩上,从街道上来需上二十八个台阶,站得高,望得远,简直是个天然瞭望台,小镇的房屋、街市巷道尽收眼底。穿镇而过的古道自北面浙江江山来,往南面福建浦城而去,而且古道一面靠山,山高林密,周围空旷,一旦有异常情况马上便知晓,如果情况危急,可迅速撤离,出了后院钻进树林,哪还能见到踪影?让他兴奋的还有挑夫客栈有一个宽敞的后院,虽然吴老板把它当作堆放杂物的场所,可在刘家福眼里那是很好的练武场——他已想到招兵练武这步了。但兴奋归兴奋,吴老板的挑夫客栈会变成姓刘的吗?他心里没底,心里的兴奋减去了一半。他极想去探探吴老板的口风,他愿不愿意将挑夫客栈转让给自己。他觉得吴老板是和善之人,应该好说话,信心又增了几分。

  后院里传来"哐哐"的撞击声,刘家福知道吴老板正在破柴。刘家福进来说:"呀,您老人家自己在破柴,这可是年轻人的活计,您儿子如海怎么不干呢?"吴老板说:"昨晚他跑出去一夜未回,到现在了还不知在哪儿,哪还指望上他呀。"刘家福上去要斧头帮忙,吴老板说:"你是客人,怎能让你干活呢?"刘家福说:"我身上的力气正愁没处使呢,让我出身汗暖暖身吧。"吴老板终于松了手,但他没离开,站边上看刘家福破柴。刘家福虽身上有的是力气,但破柴不得法,不是斧头落下时偏了,就是用力过猛,斧头击穿木柴钻入泥地,撞到泥地里的石头火星四溅。吴老板嘴里叮嘱着"小心",再手把手地教他,如何握紧斧柄,瞄准柴芯,如何使劲,等等,边教边向他问话。刘家福也想和他套近乎,有问必答,且口气听起来也舒服。

吴老板问："看你不像乡下长大，没破过柴吧！"

刘家福说："我是乡下人，不过十岁就出去闯荡了，家中用柴都是我两个哥哥破的，所以没干过这活。"

吴老板："哦，柴也不好破，没干过，破不好也难免。哎，你是江山人吧！"

刘家福说："嗯。吴老板，您呢？"

吴老板："浦城乡下。不过你们江山话我也能听懂，昨晚你们一进店我就知道是江山人。可我有件事不明白，过往的人不是做苦力的挑夫，就是做买卖的商贾，或是镖行押镖队伍，还有少数官员、信使，而你们四人都两手空空，既不像挑夫也不像商贾，更不像信使和官员，你们也没押镖，你们究竟是做啥的，不会是绿林中人吧！"

刘家福笑了："您看我们像吗？"

吴老板摇摇头："我看不像，这就让我费思了。你能告诉我吗？"

刘家福觉得正是试探的好时机，便停下手中活计，开门见山把心里的问话掏出来："吴老板，我们想和您合伙开挑夫客栈，意下如何？"

吴老板哈哈大笑，但笑过后脸色便拉下来了："你是在笑话我生意冷清吧！我客栈在这样的位置，商贾官员不可能来，而你们江山的挑夫既嫌位置高不愿爬，也不愿花点银两，你说我哪有啥办法？"

刘家福真诚地解释："吴老板，您误会我了，我绝无笑话您之意，真的想与您合伙做生意。"

吴老板突然愣住了，像怀疑对方有何不善用意似的盯着刘家福，然后从他手中夺过斧头自己破柴，再也不理刘家福了。

刘家福讨了个没趣，只好离开。他边走边琢磨：自己哪儿得罪了吴老板，让他如此不悦？

夜至三更，几个兄弟聊完天后进入了梦乡，但刘家福仍睁着眼睛望着漆黑的屋顶。他仍在想着早晨吴老板态度骤变的原因，可又想不出个所以然。这是他看中的最理想之所，九牧不会有第二个了。志在必得的刘家福冷不丁被泼了一盆冷水，沮丧极了。

这时，传来一阵呻吟声、呕吐声，还有担心的叫唤声。夜深人静，刘家福听得真切，立马便知是吴老板得了什么急病，疼得嚷嚷，可儿子吴如海不在身边，肯定又跑出去干啥事去了，老板娘想去叫郎中却又害怕一个人走夜路，不知如何是好。刘家福披上衣服疾步走去。

屋里油灯已点亮。刘家福走到门前敲了两下："吴老板，你怎么啦？"

老板娘求救似的："我老头突然肚子疼，又吐又泻，你看，受不了了，得去叫郎中，可我……"

刘家福进去，端起油灯去观察吴老板面色，用手放在他额上试体温，再给他切脉，然后翻看他的眼皮和嘴唇，让他伸出舌头。吴老板伸出舌头让他看。刘家福望切过后，问："吴老板晚上吃过什么？"

老板娘答："玉米粥、豆腐乳和霉干菜。我和如海也吃，但都没事。不知是何原因。"

老板娘疑惑地望着刘家福："你是郎中？"

刘家福"嗯"地应了声，说："以前做过，略知一二。"

老板娘兴奋地说："太好了，客官，你快想想办法吧，我老头好可怜啊。"

刘家福劝慰道："不要紧张，吴老板舌苔黄腻，脉滑心悸，是肠胃湿热所致，只需清热化湿、理气止泻便可，你准备药罐火炉，我速去药房抓几付药，煎服后定能缓解。"

老板娘赶紧去开箱子，取出一块银圆递给刘家福，刘家福说声"我去去就回"便没了影。

不到半个时辰，刘家福便拎着一串药包回来了，他把找回的几个铜板交给老板娘，将一包药倒入罐中，浇上水煎熬。火炉的木炭早已红火，煎了片刻，刘家福将火减弱一些，用文火慢熬。此时刘家福也没空闲，他用热毛巾敷在吴老板额上，还轻轻摩挲吴老板的腹部；待煎好药，药汤散热后变温，让吴老板服下。喝完，吴老板又上了趟茅房。

趁吴老板上茅房的当儿，老板娘让刘家福坐着拉家常。老板娘最感兴趣的话题是刘家福怎么当上郎中的。假如是一个普通的旅客，刘家福一两句话就应付过去了，可现在刘家福有求于吴老板，而她是老板娘，当然也就有求于她。早晨帮吴老板破柴时刘家福提出想和他合伙开挑夫客栈，吴老板虽然大为不悦，但也未明确拒绝，说明还有希望，假如她能替自己说句好话希望就更大了。眼下正是巴结她的好时机，刘家福打开了话匣子，尽量把自己的经历往传奇色彩方面靠，也许这样老板娘对他会刮目相看了。其实刘家福用不着浮夸加色，他不是等闲之辈，他的经历不知比同龄人曲折多少。

那时刘家福身上已有些功夫，是几年前与吴村乡皮石弄的拜把子兄弟吴嘉猷一起向浦城县终南会武师程铁龙学得的。但他不满足学到的几样功夫，希望得到高人指点，从而开窍成大器。听师父程铁龙说深山古刹有隐世高人，他信了，而且听说江西玉山有座九仙山，九仙山上有座古庙，古庙里有个道士，该道士法术无边，而且能掐会算，乡间赞誉他"孔明复生，伯温再世"。刘家福便急急地去参拜，希望道士能收他为弟子。道士姓祝名耀南，果然器宇不凡，一副仙风道骨，手中一把鹅毛扇，活脱脱似又一位孔明，让刘家福惊叹不已。道士祝耀南精通面相术，他看过刘家福面相后惊呼不得了，若干年后刘家福会成为一个大人物，并一口答应收他为徒，还说此生只收刘家福一个徒弟。刘家福欣喜若狂，当场跪下叩拜。刘家福成为道士祝耀南的徒弟后，祝耀南果然没有食言，教他练功、炼丹、看病。三年之后，刘家福学成了太极等内功，还学会看病行医。这时，祝耀南打发刘家福下山，说耽误不得，他该去干大事了。其实刘家福觉得只学到师父祝耀南的一些皮毛，还想跟他再学几年。但正如师父所说，他是干大事之人，耽误不得，刘家福有点迫不及待地去干大事了。说到这里，自嘲地说："啥也没干成，要是能像你们一样在九牧开爿店，多好！"刘家福还没给老板娘解释干的是什么样的大事，这时吴老板咳嗽了两声，从茅房里回来了，他脸上挂着笑，乐呵呵地说："小伙子，你真行啊，药到病除，不疼了。"老板娘连连致谢："家福，多亏你啊，你是我们的恩人哪。"

刘家福马上抱拳施礼："后生不敢当，能让吴老板不受病痛折磨，后生感到荣幸。"

刘家福又说："你们早点休息，我也要去睡了。"

说罢匆匆离去。

有了这个插曲，事情便有了转机。吴老板恢复得很好。人又勤劳，第二天早晨，他接着前一天没完成的工作又在破柴了。

刘家福悄悄地走近他，看他破柴，他下去的斧头显得有点乏力，显然还没完全恢复。像前日早晨一样，刘家福自告奋勇地上前请求帮他破柴，吴老板马上撒手把斧头交给他,然后站一边看。还没等刘家福开口,吴老板就知道了刘家福的心思。吴老板和颜悦色地说:"小伙子,你真是好人哪,昨天多有冒犯,请多多包涵。"

刘家福客气地说:"吴老板,昨天是我的不是,刚住您店,就不该提那事。"

刘家福知道吴老板说的是昨日早晨向他提出合伙开挑夫客栈的事,当时刘家福刚提出,吴老板就夺下他手中的斧头再也不理他了,让刘家福沮丧难堪。但现在吴老板像换了个人,他说:"小伙子,不是我不愿意,我是担心哪,你们真的愿意和我一样喝西北风吗?如果你们有什么锦囊妙计让我的店红火起来,我绝对不会说个'不'字。"

刘家福大言不惭:"吴老板,只要您愿意与我们合伙,我保证让您的客栈红火起来。"

吴老板像捡到了个大便宜,舒心地笑了:"行!我天天在为生意的事发愁呢,我早有把客栈盘出去的打算,只怕没人接手。没想到遇上了你们,你有这心思很好,可是如何合伙,又如何分成?"

刘家福笑问道:"您提供场所和设施就行了,而论经营您和家人有经验,能帮衬帮衬我们那是最好了。至于分成嘛,五五开,如何?"

吴老板吃了一惊:"五五开太多了,三七开吧,我三,你七。就这么定了!至于帮衬嘛,这里也是我的家,我们当然会留下,只要有需要,我们不会推辞。"

刘家福笑道:"吴老板您太客气了,我们空手而来,一切都得借用您的,而且你们一家三口还要帮衬,三七开是否少了?"

吴老板爽快地说:"不少不少。我只求个温饱,不奢望发财。你们想把客栈经营好也非易事。"

刘家福显得很大度,但吴老板也不像别的老板那般精明,很好说话,还谦让主动提出减少自己的分成,这的确难能可贵。刘家福感到自己很幸运,遇上了好东家,这么容易就实现了他的愿想。他已打定主意在九牧起事,但先要有落脚的地方,然后需要有个打掩护谋事练武的场所和一个能做生意的店铺。刘家福一下子看中了挑夫客栈,刚才还在思虑如何向吴老板开口,担心吴老板不肯,或趁机漫天要价。不承想,遇上了好人,这一切在不经意间吴老板都给了，且如此谦让，刘家福不禁感激万分，手里更来劲了，抡起斧头"哐哐哐"地欢破起来。

破完一堆柴已汗湿衣背，老板端来一盆热水叫刘家福擦身。老板娘说："若不是你帮忙，恐怕老头得破三天。谢了。早餐做好了，别嫌弃，只有稀粥，米价天天在涨，这年头不饿死就算烧高香了。去把你的几个兄弟叫来一块吃吧。"

刘家福应了一声就去了。

三个家伙已醒了，还赖床上闲聊。刘家福冷不丁去挠周东华的脚底，周东华"嘻嘻嘻"地缩着脚在床上打滚。刘家福问："还想不想起来？"周东华一骨碌起来下床了。毛歪头和徐培扬也起来了。周东华问刘家福早起干了啥事，刘家福把如何与吴老板谈话，又如何帮吴老板破柴，最后吴老板又如何答应合伙并谦让分成的事一五一十低声地说了。不过起码还有一半没说，比如他站在像瞭望台似的客栈门前所看到的一切，还有心里的宏伟计划。怕一下子都说了他们接受不了，接受不了就会问这问那，盘根究底，不是怕烦不胜烦的回答，怕的是事情八字还没有一撇就传出去了，传得沸沸扬扬，他的宏伟计划就黄了。

周东华赞叹道："哇，家福哥好厉害，一个早晨就干成了大事，大将风度！"

毛歪头歪着头问："家福，你是打算让我们跟吴老板合伙经营挑夫客栈？你看客栈这么冷清，除了我们四人只有两三个客人，这样的客栈你有把握挣到钱？"

周东华马上醒悟过来，担心地说："不要说挑夫客栈是古道末尾，就是这二十多个台阶也会让人望而生畏，谁愿意爬这么高来住宿呢？所以人家的客栈酒店客满为患，吴老板的客栈却门可罗雀，可说半死不活已奄奄一息。倘若我们接手，能让这半死不活的客栈起死回生？家福哥，您可要三思啊。"

徐培扬意味深长地笑了："燕雀安知鸿鹄之志？家福非你我之辈能比，他敢与吴老板合伙经营挑夫客栈自有他过人的想法。家福，我说得没错吧！"

刘家福会意地笑了："我说过，知我者培扬兄弟也。没错，我是有所思谋。

培扬兄弟，你有何想法说来听听。"

徐培扬说："你之所以想与吴老板合伙经营挑夫客栈，一是吴老板有经营经验，且人好，合伙人靠得住；二是我们需要填饱肚子，然后需要银两，目前能解决这两个问题的就这条路可走；三是我们都是被官府通缉之人，这样的地理位置便于逃匿……家福，我说得八九不离十吧！"

闻听此言，刘家福吃惊不小，他像不认识似的望着徐培扬说："嚱，培扬兄居然成了我肚里的蛔虫了，分析得如此精辟，头头是道，佩服佩服！"

周东华和毛歪头向徐培扬竖起了大拇指。

徐培扬谦虚地说："我只是凭我个人的想法说说而已。假如你的心思真被我说中，纯属巧合，不足为奇。"

当然，刘家福还有更深一层的心思，他们不知道，刘家福也不想说。就在他们嘀咕的时候，吴老板来叫吃早餐了，再不吃，稀饭都要变成冷糯糊了。

（长篇历史小说节选）

青山几重

杨小玲

一

当宁白首跟随一队车马出现在浙西南的"鸡鸣三省"之地廿八都时,他疲倦的身子舒展在了1942年6月里的一个午后,像山中的一棵芒草轻轻地挑动着米白的絮子。

适值骤雨初歇。一条曰枫溪的河流湍急地奔跑在群山之间,蜿蜒曲折,它将沉闷的仙霞山脉剖出无数个村庄。河流是山的口子,就譬如每一个村庄都会出现一个墟口,每个墟口是村庄呼吸之地,因而有它变得灵秀而生气。

"沿枫溪走,大家只顾沿枫溪走,不要掉队!"带路的村民大声地唤着。这支长队有四五十人,从五十公里外的江山城坐运输车才下来。人群中男女长幼皆有,这一路上他们还雇用了搬行李的木板车,拉货的马车牛车,甚至还有独轮车。他们默默地挪开步子,空山寂静,从远处看,当他们错落有致出现在狭长的仙霞古道上时,就像溪滩上岸的一队鸭子。

"能歇个脚吧!"随行中有人喊道。

"你瞧这水可真清冽,这是石斑鱼吧!"

人群渐止不动,人们就地坐在溪滩旁的大石上歇息。宁白首走向队伍的前头,他从木板车中的箱子中取出一个相机,挂在脖子上。当他走出一片竹林时,他发现自己正在向一个村庄靠近,清晰地听见狗吠鸡鸣,看见炊烟在随意散落的黄泥房子上升起,弯弯曲曲的白色雾霭飘在村庄的上空,而他的脚正踏在一大片碧绿的稻田里,微风之下每一株的稻苗像蛰伏的小兽暗暗地抽动它的身子。这片平阔的土地应该涵养着一千亩的稻田,一千亩的稻田有千千万万株向上而生的稻苗,它们化身成浓稠的碧绿层层叠叠地铺展开来。

宁白首穿过阔绰的稻田,阳光下他闻到了穗花的芳香,它们在潮闷的六月里酿制着美酒,宁白首每跨出一步,稻香就越浓稠一些,当他走近田畦时,他感觉到自己满脸微醺,走路摇晃,如同喝多了的醉汉。

这应该是梵高画笔下的普罗旺斯,宁白首想,如果将他的十五朵向日葵种在枫溪的水稻田里,那明媚而热烈的黄胜过一百倍的颜料的涂染。

然而自浙赣战役后,时局日趋紧张,如果不是日寇入侵,此刻的宁白首还在西湖白堤旁的一家名叫东南日报社的报馆里安静地作一张画。作为东南日报社最年轻的美术编辑,他给副刊"沙发"约稿作家们配上精致的插画。白堤的垂柳尚是江南最多情的树木,他在窗下临摹着烟雨中的柳丝,他在广阔的湖泊里化身成书生许仙。

二

河流从来就是弯曲的。宁白首走到田畦的尽头时,那里出现了一座石拱桥,桥边上立了块碑曰"慕仙桥",建于民国十三年(1924)。桥上坐满了十多个人,以年轻的后生居多,有几只很大的樟木箱子装在牛车上,有一只没有合上,露出了系红缨的长矛,金色的刀鞘,五色的枪棍,宁白首猜测这是一群外来的戏班子,此刻正和自己一样逃亡在一个叫廿八都的镇子。

他俯下身时,有个年轻的姑娘坐在桥下的大石头上,她穿着水绿色的绸纱,黑发如云,左右地甩动着,阳光透过林子在水中打下金色的亮片,她两只白皙的脚像是两条白鲢鱼游得正欢,白鲢鱼溅飞起一朵朵的水花。

"青衫,洗好了吧!我们出发了!"

"哎——！"水中的姑娘应答了一声。她起身将长长的黑发束在后脑勺上，用水绿色的方巾系上一只蝴蝶结。就在自己抬起头的那一刻，宁白首的眼睛和她相遇了。她的眉心上有颗痣，镶嵌在江南女子特有的新月般的脸庞上了，然后青衫也发觉有人偷偷看着她，她一脚跃上了岸，绸纱滑过一面溪水。

许多年以后他想起第一次见到青衫时的情景，他感觉他眼中出现的是白堤下的一条青蛇。他清楚地知道这是幻觉，他不是许仙，这里也不是白堤，但在那一刻，他闻见了比酒香更令人心醉的气息，他说不上什么。

戏班子离开了慕仙桥，青衫走在人群里，她的步态轻盈如蝶，她一下子蹿到队伍的前头，她扭过头来，发现那个奇怪的人还在盯着她，她咯咯咯地笑着，转眼便消失在茫茫的竹林中。

不多时，东南日报社的员工和家属南迁的队伍也踏上了慕仙桥，宁白首走向队伍，他们追随戏班子足迹，也消失在茫茫的竹林之中。

三

夕阳送来混沌的黄昏。

走了近一个小时，枫溪水将他们带到一座廊桥上。"到哩——，过了珠坡桥咧，吃喝不用愁喽！"随着挑夫长长的一声吆喝声，宁白首看到山谷之下出现了一片宽阔的平地，平地呈长方形，整齐错落着一座座高大的白墙青瓦的房子，粗粗而略，这里有徽式的马头墙、浙式的屋脊、赣式的檐橼、闽式的土墙，霞光之下，显得气势恢宏，神秘而古拙。

这里就是廿八都。

在这群山之间居然有这么一个大镇，犹如陶渊明笔下的桃花源，这是宁白首不曾想到的。宁白首踏在鹅卵石铺设的小路上，他更不会想到，它比起杭嘉湖一带富庶水乡，并不会逊色多少。

浔里街。东南日报社的胡社长早已将几十口人和设备安顿好了。社址设在祝家一间并不起眼的房子里，一部分员工及家眷借住在姜遇鸿先生的老宅子中，其他一些人暂宿春风客栈里。

人在印刷机器就在，走到哪里都可以办报纸，多年来宁白首随报社颠沛流离几经辗转，欣慰的是报纸还能办下去。

宁白首和同伴小武趁着月色走在浔里街中。夜色朦胧，不知为何许多深宅大院都大门紧闭，连屋前的灯笼也是黑的，路上行人更是稀少，宁白首掌上了灯，宅子内的繁枝影影绰绰地探向墙外，他不禁拉了拉衣襟。

"这镇子上的人去了哪儿，这分明是条空巷！"小武吃惊地说道。

"战事连连，就是山窝窝里的金凤凰也是留不住的。"宁首白感慨道。

当他们走向浔里街西面的巷子时，路忽然亮堂了些，两侧宅子门口林立着许多店铺，有些还未打烊，有德春堂药铺、隆兴钱庄、隆兴过裁行、镛记绸布庄等，甚至还有秉书洋货店，可以想象，廿八都有多少兴盛与繁华。

"路遇大姐得音信，九里桑园访兰英。行过三里桃花渡，走过六里杏花村……"

不远处的戏台传出戏班子的声音，这是越剧《何文秀访妻》中的桥段，这么晚了又有何人看戏呢？

宁白首循音而去，台下寥寥并无几人。台上有个女伶，扮相和身段让他马上想到一个人，慕仙桥下的姑娘。正当他疑惑之时，女伶下了戏台子，向他走来。她的眉心上有颗痣，她笑的时候脸上的胭脂胜过六月的凌霄花。

"你是谁？你们怎么也在这里？"青衫问。

"我叫宁白首，东南日报社编辑。"

青衫说，他们来自江苏，居无定所，浪迹天涯，哪儿太平就往哪儿赶，勉强还能混口饭吃。今天晚上戏班子排下戏，吊下嗓子。

宁首白说总有安稳太平的时候，你们就不用唱戏了。

青衫说，戏我是还要唱，太平盛世更要唱。

小武插上话说，那么看看我和宁兄的扮相能演什么？

青衫朝他们各转了一圈，咯咯地笑道，宁白首面容清瘦，体态颀长，演花旦适合不过，小武面相粗糙，身粗个矮，做小生终是不行的，演个丑角兴许可以试试。

小武讨了个无趣，他朝宁白首狠狠地瞪了个眼珠子。

青衫还是笑个不停，笑声婉转起伏。戏台下的灯笼更亮了，宁白首感到风很轻，青衫的笑声让他喉咙发痒，他想说什么终究没有说出声响。他想即便什么也不说也是好的，只要青衫在他的身旁多站一会儿。

四

东方破晓。宁白首记不得离开故乡杭州城有多少时间了。1937年杭州沦陷后，报社马不停蹄地转换各个地方，金华、丽水、江山城、廿八都，他早已身心疲惫，唯有在廿八都的这个夜晚，他睡得最香甜。

宁白首起身后去了巷口的小吃店，在满发银丝的阿婆那里喝了碗浓香的豆汁，要了份艾香扑鼻的铜锣糕，还有一碗燕皮馄饨。山色渐明，宁白首望了望青翠的仙霞山脉和脚边淙淙的枫溪水，感慨道：不虚此行。

青衫也是在这个时刻来到小吃店的，阿婆给她送上一份一模一样的早餐。一个摊子，一张桌子，两个刚刚认识的年轻人。阿婆说，我在廿八都六十年，五湖四海的人，我见得多了，敢情你们小两口是来谋事的？

宁白首吞吞吐吐地说，人家是小姑娘，可别乱说话！

青衫扑哧一笑说，我嫁人可不嫁手无缚鸡之力的。

阿婆说，可惜了，可惜了。权当我多嘴做了一次媒婆罢了。

宁白首和青衫走在浔里街的鹅卵石上，听雨楼茶馆也开张了，门前窄窄的小溪欢快地流淌着。宁白首和青衫进去后，几个粗衣短褂的茶客在门口放下挑担，从脖子上抽下白汗巾擦了擦膀子，挨着门口凉快的凳子也坐下来。

未几，一个穿绸纱打扇子的人慢慢悠悠地跨进茶馆。"听说了吧，昨晚东南日报社的人来咱廿八都了，战事吃紧，敢情他们也要东躲西藏了。"

"还有一支游击队也来了，"掌柜给大家续上茶，压低声音神秘地说，"在咱仙霞岭，游击队和鬼子干过仗，他们是咱老百姓的队伍。"

青衫笑眯眯问，那你见过吗？

掌柜摇了摇头。

我见过，青衫说。宁白首茫然看着青衫，绿茶氤氲，青衫的脸庞有些朦胧，水雾飘散开后，晨光斜斜地移进茶馆中，青衫恰好在光亮之中，这时的她又像是一株向日葵，宁白首感到惊奇和温暖。

宁白首忘了他们是怎样走出茶馆的，青衫去了戏班子，他回到报社，他期待与她下次的不期而遇。

几天后下午他们正商讨在艰苦的斗争环境中，如何筹划《东南日报》号外江山版的发行，青衫找到了他。宁白首慌忙从抽屉中取出一个牛皮信封，跑了出去。

宁白首递给她说，我正要找你。

青衫打开信封，取出一张照片，正是慕仙桥下宁白首第一次见到青衫拍下的。照片后留有一句诗："尚忆青衫陪众隽，宁期白首负明时。"

怎么这首诗里有我们的名字，你写的吗？

宁白首文绉绉地说，不是我，是陆放翁《书怀》中的一句。

青衫开心地收下了，嘴中却嘟囔了一句，书呆子！

宁白首急了眼说，是陆放翁的《书怀》，不是书呆子。

青衫扑哧一笑，随后她一本正经地看着宁白首的眼睛说，有件事情想请你帮忙，我们这几天筹集到了一批游击队的急需品。现在情况有变，我们有新任务必须转移，这批物资我思量了许久，你是最合适的人选，到时在约定的时间里，有人会来与你联络。

莫非你就是……？宁白首问。

青衫朝他点点头。

宁白首感到心中奔腾起一阵阵的热浪，热浪从腹部推送到胸口，最后到了嗓子眼，化成一句话："青衫姑娘，一路保重！"他第一次感到被人信任是如此幸福。此刻山谷的风吹开了眼前十里竹林，他是那么地豪情万丈！

后会有期。青衫向他摆手，她一转身步子跨得又快又急。

在那个清凉的夜晚青衫经水安桥踏入茫茫的仙霞古道，戏台子的红绸还系着，宁白首的心中不免有些失落。他一面等待那个联络人，一面想到青衫，她是一个怎样的姑娘，是慕仙桥下戏水的调皮的青蛇，是戏台上明丽的凌霄花，还是浔里街光影下的向日葵，他都不太确定。但有一点可以肯定，他和她靠得近，就譬如他们的名字紧密"出现"在一句诗中。

日寇的蚕食计划步步逼近，许多天的傍晚，宁白首听到了飞机隐隐约约的轰炸声，社长再三考虑宣布了一个重要的决定，继续南迁，过枫岭关，直到福建南平。七月末的一个子夜，东南日报社再次转移，他们追随戏班子的脚步又踏进古道深处。水安桥上，当他转身回望还在沉睡的廿八都时，月色清朗，他依稀看到徽式的马头墙、浙式的屋脊，静默如兽，如一个月前他第一次踏入这片土地时见到的样子。宁白首想到一个他刚刚看到的词汇——火种。

五

1945年6月，西湖白堤，东南日报社。这一天，宁白首在案前编辑重要新闻：日军节节溃败，华南华东收复。

一个邮差送来一本书《陆放翁诗词校注》。宁白首翻开目录，他惊奇发现第一百七十五首《书怀》被人用红笔画上了。

宁白首跑出大街，天空、云端、飞鸟、人潮，他四处寻觅，人群中各种各样的脸在他眼前掠过，唯独没有见到那一张无数次出现在他梦里头的那张脸庞，但是那些如海水般呼啸而来的人潮并没有让他失落，他正沉浸在巨大的喜悦之中。

他知道，她就在不远处。

晚七点，打铁巷六号联络点。宁白首接到了上级的任务，他将与一位新的联络员见面。

"满朝祝"的典故

毛建周

早年,从店下塘樟树底,沿官道经五圣殿,往南走不到一里,便是江郎街。这里的村民,全部姓江,在青山边还建有花园,花园里奇花异草,假山鱼塘,曲径缭绕。八角亭建在绿竹丛中,竹林里引来了众多的鸟类。天一亮,它们就开始大合唱,花园后面,便是江氏阳宅,阳宅后面又是花园,花园后面,还有江氏宗祠。

一天,当学堂堂长江长仁知道祝东山对武则天当政不满,不愿为官,隐居在家时,便亲去江阳梅泉,请祝东山来江郎街教书。祝东山高兴地带着老婆儿子来江郎街教书。几年后,学堂不仅在信安县成名,在婺州也小有名气。学堂堂长江长仁,与里正等商量,为了扩大学堂规模,在江郎山虎跑泉边,重建江郎山学堂。就这样,祝东山与江长仁的接触就多了,二人志同道合,祝东山的两个儿子钦明、克明,还叫江长仁夫妇为老爷、老娘。

祝氏在江郎街人丁兴旺,江氏却中道没落,到江长仁儿子一代,就只生一女。此女就嫁给钦明之子,江氏还将所有上下二花园、阳宅等当嫁妆给了祝氏。以后,江氏便绝迹江郎街。整个江郎街便变成祝姓了。到了五代十国,祝氏请地理先生看风水葬父,有一个地理先生,在宅基边沿勘了一穴地,名为七龟上滩。他就对祝氏当家的说:"此真贵地也。葬下去之后,有斗粟之官,我眼睛也要瞎掉,你们要供养我一世。"当家的说:"那当然,可立下合同一份。"那地理先生就带祝氏当家的及太老爷去看,那地理先生说:"你看,从龟山起,有东坞山、王家山、店下堂山,上有龙头山、塘边山、烟筒山,结穴地在宅基,坟葬下去之后,坟顶可堆成一墩作为坟背。"葬下去之后,那先生的眼睛真的瞎了。祝氏也把他当作父亲供养。自那以后,祝氏出了若干人才,光朝官就有十七个,除了皇帝、朝中大小官员大都姓祝,有一个还招了驸马,在家里建了驸马府。

当时的江郎街真是辉煌极顶了,除原有上下花园和阳宅外,还建了若干屋,建了东敖西库。祝氏还把官道边麦岭桥底的祝氏宗祠移到了地方北边。每年冬至祭冬,祠堂里热闹非凡。祝氏发迹了,男人都做官去了,却苦了那些女眷,她们贵为夫人,戴着凤冠霞帔,然而她们是名副其实的活寡妇。每天空守其房,只能与丈夫梦里相聚。思夫心切,只能把怨恨记在那地理先生身上,也不管有什么合同,每天把马吃剩下的饭粥送去给那先生吃。久而久之,那些下人便叫那地理先生为"马粥先生"了。

那先生觉得奇怪,就向那些下人询问其详,下人说:"每天我们把马吃剩下的粥送给你吃,你还不是马粥先生吗?"那先生经下人这么一说,也就心知肚明了。便对那下人说:"你去告知你们夫人,她们想见到丈夫很容易,为什么不告诉我呢。"那些夫人听下人这么一说,都很高兴,又去告诉管家。管家又去见那先生,那先生对管家说:"请管家去禀报太老爷、老太君。第一,只要在宅基那坟的前面挖七个塘,塘的形状有像菜刀的、有像柴刀的、有像双连的,还有像……第二,把官道从地方边上移往地方中心,经上街头去麦岭桥。"太老爷听管家这么一说,心里也很高兴,因为他们心里也确实思念儿子、孙子。就这样,第二天便开始挖塘,其形状也按先生说的挖。这样,经过几个月,便挖了七个塘,叫宅基塘、双连塘、弯刀塘、新塘、野猫塘、白刀塘、泉塘。接着,又开始第二项工程,即把官道从村边移向地方中间,直通麦岭桥。路刚挖好,第二天早上便没路了,恢复了原样。地理先生甚觉奇怪,夜里去那里看个究竟,到了下半夜,只听山神在说:"不怕锄头畚箕,只怕石头路知(江山方言,泥工锤)。"第二天,地理先生对管家说:"我们可雇泥工师傅,挖一段,用石头做一段。"管家就按先生的意思,一边挖,一边由泥工师傅做成石头路。这样一来,又经过一个多月,路也正式做成了。奇怪的是地理先生不见了。据说,塘挖好、路造好,那地理先生眼也复明了。

由于挖了塘，七塘对七龟，破坏了七龟上滩的龙脉，使七龟上不了滩；江郎街地方是燕窝形，地方上直达麦岭桥的路，就是一条蛇，蛇进燕窝，燕子就会被吃光。

　　不几天，太老爷、老太君，便先后辞世，在朝里，皇上觉得满朝百官，姓祝的有十七人，他们若要夺我皇位，还不易如反掌？又加上那些阉臣也在说祝氏兄弟的坏话，皇帝大开杀戒，清除朝中的祝氏。皇帝把十六个姓祝的官全部杀了，还有一个驸马，让他改姓万才留下性命。就这样，"满朝祝"到此结束，只留下一个姓祝的驸马，也不敢姓祝而姓万了，地方上的祝姓，也死的死，移居的移居，七零八落，祝姓开始衰败，后来地方上也无几户姓祝的了。留存于世的，也只有东敖西库和上下花园的旧址。驸马府、马房被火烧之后，也成废墟，开成田后就成了驸马丘了。倒是江郎街至麦岭桥，麦岭桥至麦岭桥顶这段石头路，成了古道江郎段保留最完整的古道了。

大黄蛟发威

毛建周

江郎山郎峰东边龙青山有一个蛟洞，余家坞的村民无人不晓。传说很久以前，江郎寺尚未建造，大概在北宋以前，在钟鼓洞底下，建有一寺庙，叫江郎寺或叫小岩寺或曰其他寺名。龙青山里边，郎峰脚下，有一蛟洞，里边有一大黄蛟，它耐着寂寞和凄寒在这洞里修炼已逾几千年。本来，它可以成精出去，但只因寺里的和尚怕事，该蛟又犯天规，被罚再修千年。

大黄蛟几千年来，小心行事，样样依天规，件件依海法，龙王已批准它出去了。大黄蛟心地善良，它出去怕人们恐惧，出于好心托梦给寺里的和尚，告诉和尚某日某时它要出去了，请他不用惧怕，不用敲钟，权当无事。

到了那天夜里，那寺里的和尚，只见天昏地暗，雷雨倾盆，狂风大作，那和尚见此情此景，害怕极了。他心想自己一人被淹死倒不怕，只要余家坞地方的村民没事就好了，但天昏地暗，伸手不见五指，怎么通知村民上山避难呢？他想来想去，没有其他办法，只有敲钟，村民们听到钟声后便能逃往上山避难了。但他哪里知道，钟敲得越响，蛟就要越用力气，蛟要发更大的水、更大的浪。本来，它用河道能够忍受的雨和浪就可以出去了，但钟声就是命令，就是要它用几倍的水、几倍的风。就这样，小岩寺塌了，沿河的堤坝倒了，沿河两岸的田地被毁了，桥梁倒塌了。

本来已批准出去的蛟，仍被羁押在峡口峡里潭里，由困佛看管着。它问龙王，什么时候才能出去。龙王告诉它，只有把困佛吹起，才能出去。尽管大黄蛟天天都使着法，天天都起着风，但它总不能把困佛吹起来。直到今天，困佛总还困在那里，大黄蛟总还起着风，这风就是峡里风。

皇帝的字条

郑孝飞

相传,江郎有一位姓祝的人家,男主人叫祝方怀,家里开了一个茶店,名为"邵岳新茗"。平日里开茶楼,虽然日子过得不算富足,但是祝方怀是乐善好施之人,为当地百姓所敬仰。时间长了,大家都称祝方怀为邵一公。

明正德年间,正德皇帝微服私访来到江郎街五圣殿。时值八月,天气特别炎热,村民出门就有中暑的危险。于是正德皇帝就进入邵岳新茗品尝邵一公的清茶。一连十几天,正德皇帝每日都在茶店品茶,听这里的百姓在茶店里闲谈,偶尔也和当地百姓聊些家常,对祝方怀这人有所了解。

一天,正德皇帝问邵一公:"茶店的生意怎样,能不能糊口啊?"

邵一公回答:"下半年,喝茶的人多,生意还可以;但在上半年,喝茶的人少,糊口都有困难。"

正德皇帝接过话茬说:"我们合伙做生意怎么样啊?"

邵一公说:"我没有本钱啊!"

正德皇帝说:"没事,我给你写张条子,衢州的钱任你拿。"

只可惜邵一公虽为生意之人,却目不识丁,随手把正德皇帝的字条压在了砚台下面,没去理会。

翌年上半年,邵一公的生意陷入了窘境。邵一公因此愁眉不展,郁郁寡欢。邵一公的夫人说:"去年不是有人要和你合伙做生意吗,怎么没了音信？"

邵一公说："那是人家开玩笑的话，怎能当真。"

死马当作活马医！面对每况愈下的生意，万般无奈之中，邵一公怀着试试看的想法，穿戴整齐、拿上盘缠和雨具就出门了，直奔衢州衙门。

在任的是徐府丞，见此字条为正德皇帝所出，于是赶紧传唤地方钱庄，命令钱庄将此字条兑换成邵一公的茶店所需要的运作资金。这样一来，邵一公的生意便有了很大的起色。多年之后，邵一公不负圣恩，用茶店经营赚得的资金为百姓修桥补路，深受当地百姓尊敬和爱戴。

十八肩

童海根

"十八肩"处于仙霞四关至龙井村之间,没有几户人家,在地图上放再大也找不到。

据传此处原来住有守金棺后代,茅屋二间。边有一小垄田,就是安放金棺处。每年十月十五日夜深人静时,不管刮风下雨,那金棺都会漂浮独舞于田中,闪闪发光,与之相伴的还有长流不息的小溪流水声。一有动静,金棺瞬间不见行踪。

得知消息的那些贪婪者不分白天黑夜都来挖,而且来挖的人越来越多,到头来都是空欢喜一场。这一小垄田,也就是被他们左翻右翻挖出来的,连一块小石块都没有。

传说要想挖到金棺,只有十八个不同姓的挑夫在十五这一天的下午三点同聚在此,才能挖到。并且这十八个人没有约定也相互不认识。

传说总归是传说,可能是山民的智慧在此。贪者永远不会有所得,用尽苦心终是无,智者用谋得良田一小垄,衣食无忧。

因地理位置所限,这里只能建二间小屋。村民在此摆上点土特产,茶叶、竹笋、花生及一些中草药,也过得悠悠然。

我的目光游走于小山溪、沃野、古木与黛色的远山,咀嚼这垄田里初春的况味。林木森森,竹海摇漾,春天,一年之计在于春,智慧是生命之源泉。

悬望东支尽处,其南一峰特耸,摩云插天,势欲飞动。问之,即江郎山也。

历代文选

江山是以三片石的江郎山出名的地方,南越仙霞关,直通闽粤,西去玉山,便是江西;所谓七省通衢,江山实在是第一个紧要的边境。

《徐霞客游记》选

游九鲤湖日记（节选）

浙、闽之游旧矣。余志在蜀之峨眉、粤之桂林，及太华、恒岳诸山；若罗浮、衡岳，次也；至越之五泄、闽之九漈，又次也。然蜀、广、关中，母老道远，未能卒游；衡湘可以假道，不必专游。计其近者，莫若由江郎三石抵九漈，遂以庚申（泰昌元年，公元1620年）午节后一日，期芳若叔父启行，正枫亭荔枝新熟时也。

二十三日　始过江山之青湖。山渐合，东支多危峰峭嶂，西伏不起。悬望东支尽处，其南一峰特耸，摩云插天，势欲飞动。问之，即江郎山也。望而趋，二十里，过石门街。渐趋渐近，忽裂而为二，转而为三；已复半岐其首，根直剖下；迫之，则又上锐下敛，若断而复连者，移步换形，与云同幻矣！夫雁宕灵峰、黄山石笋，森立峭拔，已为瑰观；然俱在深谷中，诸峰互相掩映，反失其奇。即缙云鼎湖，穹然独起，势更伟峻；但步虚山即峙于旁，各不相降，远望若与为一。不若此峰特出众山之上，自为变幻，而各尽其奇也。

闽游日记前（节选）

崇祯改元戊辰之仲春，发兴为闽、广游。二十日，始成行。三月十一日，抵江山之青湖，为入闽登陆道。十五里，出石门街，与江郎为面，如故人再晤。十五里，至峡口，已暮。又行十五里，宿于山坑。

十二日　二十里，登仙霞岭。三十五里，登丹枫岭，岭南即福建界。又七里，西有路越岭而来，乃江西永丰道，去永丰尚八十里。循溪折而东，八里，至梨岭麓，四里，登其巅。前六里，宿于九牧。

闽游日记后（节选）

庚午（崇祯三年，公元1630年）春，漳州司理叔促赴署。余拟是年暂止游屐，而漳南之使络绎于道，叔祖念莪翁，高年冒暑，坐促于家，遂以七月十七日启行。二十一日至武林。二十四日渡钱唐，波平不縠，如履平地。二十八日至龙游，觅得青湖舟，去衢尚二十里，泊于樟树潭。

三十日　过江山，抵青湖，乃舍舟登陆。循溪觅胜，得石崖于北渚。崖临回澜，澄潭漱其址，隙缀茂树，石色青碧，森森有芙蓉出水态。僧结槛依之，颇觉幽胜。余踞坐石上，有刘对予者，一见如故，因为余言："江山北二十里有左坑，岩石奇诡，探幽之屐，不可不一过。"余欣然返寓，已下午，不成行。

八月初一日　冒雨行三十里。一路望江郎片石，咫尺不可见。先拟登其下，比至路口，不果。越山坑岭，宿于宝安桥。

初二日　登仙霞岭，越小竿岭，近雾已收，惟远峰漫不可见。又十里，饭于二十八都。其地东南有浮盖山，跨浙、闽、江西三省，衢、处、信、宁四府之境，危崿仙霞、梨岭间，为诸峰冠。枫岭西垂，毕岭东障，梨岭则其南案也；怪石拿云，飞霞削翠。余每南过小竿，北逾梨岭，遥瞻丰采，辄为神往。既饭，兴不能遏，遍询登山道。一牧人言："由丹枫岭而上，为大道而远，由二十八都溪桥之左越岭，经白花岩上，道小而近。"余闻白花岩益喜，即迂道且趋之，况其近也！遂越桥南行数十步，即由左小路登岭。三里下岭，折而南，渡一溪，又三里，转入南坞，即浮盖山北麓村也；分溪错岭，竹木清幽，里号金竹云。度木桥，由业纸者篱门入，取小级而登。初皆田畦高叠，渐渐直跻危崖。又五里，大石磊落，棋置星罗，松竹与石争隙，已入胜地，竹深石转，中峙一庵，即白花岩也。僧指其后山绝顶，峦石甚奇。庵之右冈环转而左，为里山庵。由里山越高冈两重转下，山之阳则大寺也。右有梨尖顶，左有石龙洞，前瞰梨岭，可俯而挟矣。余乃从其右二里，憩里山庵。里山至大寺约七里，路小而峻。先跻一冈，约二里，冈势北垂。越其东，坞下水皆东流，即浦城界。又南上一里，越一冈，循其左而上，是谓狮峰。雾重路塞，舍之。逾冈西下，复转南上，二里，又越一冈，其左亦可上狮峰，右即可登龙洞顶。乃南向直下，约二里，抵大寺。石痕竹影，白花岩正得其具体，而峰峦环列，此真独胜。雨阻寺中者两日。

初四日　冒雨为龙洞游。同导僧砍木通道，攀乱碛而上。雾瀹棘铦，苦石笼崖，狞恶如奇鬼。穿簇透峡，窈窕者，益之诡而藏其险，岿嵼者，益之险而敛其高。如是二里，树底睨峭崿。攀跻其内，右有夹壁，离立仅尺，上下如一，似所谓"一线天"者，不知其即通顶所由也。乃爇火篝灯，匍匐入一罅。罅夹立而高，亦如外之一线天，第外则顶开而明，此则上合而暗。初入，其合处犹通窍一二，深入则全黑矣。其下水流沙底，濡足而平。中道有片石，如舌上吐，直竖夹中，高仅三尺，两旁贴于洞壁。洞既束肩，石复当胸，无可攀践，逾之甚艰。再入，两壁愈夹，肩不能容，侧身而进。又有石片如前，阻其隘口，高更倍。余不能登，导僧援之。既登，僧复不能下，脱衣宛转久之，乃下。余犹侧伫石上，亦脱衣奋力，僧从石下掖之，遂得入。其内壁少舒可平肩，水较泓深，所称"龙池"也。仰睇其上，高不见顶，而石龙从夹壁尽处，悬崖直下。洞中石色皆赭黄，而此石独白，石理粗砺成鳞甲，遂以"龙"神之。挑灯遍瞩而出。石隘处上逼下碍，入时自上悬身而坠，其势犹顺，出则自下侧身以透，胸与背既贴切于两壁，而膝复不能屈伸，石质刺肤，前后莫可悬接；每度一人，急之愈固，几恐其与石为一也。既出，欢若更生，而岚气忽澄，登霄在望。由明峡前行，芟莽开荆，不半里，又得一洞。洞皆大石层叠，如重楼复阁，其中燥爽明透。

徘徊久之，复上跻重崖，二里，登绝顶，为浮盖最高处。踞石而坐，西北雾顿开。下视金竹里以东，崩坑坠谷，层层如碧玉轻绡，远近万状，惟顶以南，尚郁伏未出。循西岭而下，乃知此峰为浮盖最东。由此而西，蜿蜒数峰，再伏再起，极于叠石庵，乃为西隅，再下为白花岩矣。既连越二峰，即里山趋寺之第三冈也。时余每过一峰，辄一峰开雾，西峰诸石，俱各为披露；西峰尽，又越两峰，峰俱有石层叠。又一峰南向居中，前耸二石，一斜而尖，是名"梨头尖石"。二石高数十丈，堪为江郎支庶，而下俱浮缀叠石数块，承以石盘，如坐嵌空处，俱可徙倚。此峰南下一支，石多嶙峋，所称"双笋石人"，攒列寺右者，皆其派也。峰后散为五峰，回环离立，中藏一坪，可庐，亦高峰所罕得者。又西越两峰，为浮盖中顶，皆盘石累叠而成，下者为盘，上者为盖，或数石共肩一石，或一石复平列数石，上下俱成叠台双阙，"浮盖仙坛"，洵不诬称矣。其石高削无级，不便攀跻。登其巅，群峰尽出。山顶之石，四旁有苔，如发下垂，嫩绿浮烟，娟然可爱。西望叠石、石仙诸胜，尚隔三四峰，而日已过午，遂还饭寺中。别之南下，十里，即大道，已在梨岭之麓。登岭，过九牧，宿渔梁下街。

初五日　下浦城舟，凡四日抵延平郡。

江右游日记（节选）

丙子（崇祯九年，公元 1636 年）十月十七日　鸡鸣起饭，再鸣而行。五里，蒋莲铺，月色皎甚。转而南行，山势复簇，始有村居。又五里，白石湾，晓日甫升。又五里，白石铺。仍转西行，又七里，草萍公馆（为常山、玉山两县界），昔有驿，今已革矣。又西三里，即南龙北度之脊也。其脉南自江山县二十七都之小筸岭，西转江西永丰东界，迤逦至此。

郁达夫仙霞纪险

仙霞纪险

郁达夫

从衢州南下,一路上迎送着的有不断的青山,更超过几条水色蓝碧的江身,经一大平原,过双塔地,到一区四山围抱的江城,就是江山县了。

江山是以三片石的江郎山出名的地方,南越仙霞关,直通闽粤,西去玉山,便是江西;所谓七省通衢,江山实在是第一个紧要的边境。世乱年荒,这江山县人民的提心吊胆,打草惊蛇的状况,也可以想见的了;我们南来,也不过想见识见识仙霞关的险峻,至于采风访俗,玩水游山,在这一个年头,却是不许轻易去尝试的雅事,所以到江山的第二日一早,我们就急急地雇了一辆汽车,驰往仙霞关去。

在南门外的汽车站上车,三里就到俗名的东岳山,有一块老虎岩,并一座明嘉靖年间建置的塔在的景星山下;南行二十里,远远望得见冲天的三块巨岩江郎山,或合或离,在东面的群山中跳跃;再去是淤头,是峡口,是仙霞岭的区域了,去江山虽有八九十里路程,但汽车走走,也只走了两三个钟头的样子。

仙霞岭的面貌,实在是雄奇伟大得很!老远看来,就是那么高那么大的这排百里来长的仙霞山脉，近来一看，更觉得是不见天日了。东西南的三面，湾里有湾，山上有山；奇峰怪石，老树长藤，不计其数；而最曲折不尽，令人方向都分辨不出来的，是新从关外二十八都筑起，沿龙溪、化龙溪两支深山中的大水而行的那条通江山的汽车公路。

　　五步一转变，三步一上岭，一面是流泉涡旋的深坑万丈，一面又是鸟飞不到的绝壁千寻。转一个弯，变一番景色，上一条岭，辟一个天地，上上下下，去去回回，我们在仙霞山中，龙溪岸上，自北去南，因为要绕过仙霞关去，汽车足足起了有一个多钟头的山路。山的高，水的深，与夫弯的多，路的险，不折不扣的说将出来，比杭州的九溪十八涧，起码总要超过三百多倍。要看山水的曲折，要试车路的崎岖，要将性命和运命去拼拼，想尝一尝生死关头，千钧一发的冒险异味的人，仙霞岭不可不到，尤其是从仙霞关北麓绕路出关，上关南二十八都去的这一条新辟的汽车公路，不可不去一走。车到关南，行径小竿岭的那个隘口，近瞰二十八都谷底里的人家，远望浦城枫岭诸峰的青影的时候，我真感到了一种一则以喜一则以惧的说不出的心理；喜的是关后许多险隘，已经被我走过了，惧的是直望山脚的目的地二十八都，虽然是只离开了一程抛石的空间，但山坡陡峭，直冲下去，总也还有二三千尺的高度。这时候回头来看看仙霞关，一条石级铺得像蛇腹似的曩时的鸟道，却早已高高隐没在云雾与树木的中间了。

　　从小竿岭的隘口下来，盘旋回绕，再走了三四十分钟头，到仙霞关外第一口的二十八都去一看，忽然间大家的身上又起了一层鸡皮的细粒。

　　太阳分明是高照在那里，天色当然是苍苍的，高大的人家的住屋，也一层一层的排列着在，但是人哩，活的生动着的人哩，人都到哪里去了呢？

　　许许多多的很整齐的人家，窗户都是掩着的，门却是半开半闭，或者竟全无地空空洞洞同死鲈鱼的口嘴似的张开在那里。踏进去一看，地下只散乱铺着有许多稻草。脚步声在空屋里反射出来的那一种响声，自己听了也要害怕。忽而索落落屋角的黑暗处稻草一动，偶尔也会立起一个人来，但只光着眼睛，向你上下一打量，他就悄悄的避开了。你若追上去问他一句话呢，他只很勉强地站立下来，对你又是光着眼睛的一番打量，摇摇头，露一脸阴风惨惨的苦笑，就又走了，回话是一句也不说的。

　　我们照这样的搜寻空屋，搜寻了好几处，才找到了一所基干队驻扎在那里的处所。守卫的兵士,对我们起初当然也是很含有疑惧的一番打量,听了我们的许多说明之后,他才开口说:"昨晚上又有谣言。居民是自从去年九月以来,早就搬走了。在这里要吃一顿饭,是很不容易。因为豆腐青菜都没有人做,但今天早晨,队长是已经接到了江山胡站长的信,饭大约总在预备了罢?"说了,就请我们上大厅去歇息歇息。我们看到了这一种情形,听到了那一番话,食欲早就被恐怖打倒了,所以道了一声队长万福,跳上车子,转身就走。

重回到小竿岭的那个隘口的时候,几刻钟前曾经盘问我们过,幸亏有了陈万里先生的那个徽章证明,才安然放我们过去的那位捧大刀的守卫兵,却笑着对我们说:"你们就回去了么?"回来一过此口,已经入了安全地带,我们的胆子也大起来了,就在龙溪边上,一处叫作大坞的溪桥旁边下了车,打算爬上山去,亲眼去看一看那座也可以说是一夫当关,万夫莫开,宋史浩方把石路铺起来的仙霞关口。一面,叫空车子仍遵原路,绕到仙霞关北相去五里的保安村去等候我们,好让我们由关南上岭,关北下山,一路上看看风景。

据书上的记载,则仙霞岭高三百六十级,凡二十四曲,有五关,×十峰等等。我们因为是从半腰里上去的,所以所走的只是关门所在的那一段。

仙霞关,前前后后,有四个关门。第二关的边上,将近顶边的地方,有一座新筑的碉楼在那里,据陪我们去游的胡站长说,江山近旁,共有碉楼四十余处,是新近才筑起来的,但汽车路一开,这些碉楼,这座雄关,将来怕都要变通成些虚有其名的古迹了。

仙霞关内岭顶,有一座仙霞亭,亭旁住着一人家,从前大概约是守关官吏的住所,现在却只剩了一位老人,在那里卖茶给过路的行人。

北面出关,下岭里许,是一个关帝庙。规模很大,有观音阁、浣霞池亭等建筑,大约从前的闽浙官吏来往,总是在这庙内寄宿的无疑。现在东面浣霞池的亭上,还有许多周亮工的过关诗,以及清初诸名宦的唱和诗碣,嵌在石壁的中间。

在关帝庙里喝了一碗茶,买了些有名的仙霞关的绿茶茶叶,晚霞已经围住了山腰,我们的手上脸上都感觉得有点潮润起来了,大家就不约而同的叫了出来说:

"啊!原来这些就是仙霞!不到此地,可真不晓得这关名之妙喂!"

下岭过溪,走到溪旁的保安村里,坐上车子,再探头出来看了一眼曾经我们走过的山岭,这座东南的雄镇,却早已羞羞怯怯,躲入到一片白茫茫的仙霞怀里去了。

(原载 1933 年 12 月《申报·自由谈》)

历代诗选

登江郎山

[唐] 祝东山

三峰屹立插青天，笔笔书空年复年。
待我养成翎翮健，奋身直上翠微巅。

游江郎山访祝东山先生遗迹

[唐] 张九龄

攀跻三峰下，风光一草庐，
今见墨浪壁，昔闻君子居。
君子今何处，徘徊不能去，
不见当年人，但闻声过树。

江郎山

[唐] 白居易

林虑双童长不食,江郎三子梦还家。
安得此身生羽翼,与君来往醉烟霞。

水帘泉

[宋] 王安石

淙淙万音落石巅,皎皎一派当帘前。
清风高吹鸾鹤唳,白日下照蛟龙涎。
浮云装额自能卷,缺月琢钩相与悬。
朱门欲问幽人价,翡翠鲛绡不值钱。

萃贤亭

[宋] 欧阳修

君家富山水,占胜作高亭。
坐听溪流响,能令醉客醒。
阳生群木秀,寒入乱峰青。
吾族东南美,人贤地益灵。

过灵石三峰

[宋]陆游

一

奇峰迎马骇衰翁,蜀岭吴山一洗空。
拔地青苍五千仞,劳渠蟠屈小诗中。

二

晓日瞳昽雪未残,三峰杰立插云间。
老夫合是征西将,胸次先收一华山。

到官病倦,未尝会客,毛正仲惠茶,乃以端午小集石塔,戏作一诗为谢

[宋]苏轼

我生亦何须,一饱万想灭。
胡为设方丈,养此肤寸舌。
尔来又衰病,过午食辄噎。
谬为淮海帅,每愧厨传缺。
爨无欲清人,奉使免内热。
空烦赤泥印,远致紫玉玦。
为君伐羔豚,歌舞菰黍节。

禅窗丽午景，蜀井出冰雪。
坐客皆可人，鼎器手自洁。
金钗候汤眼，鱼蟹亦应诀。
遂令色香味，一日备三绝。
报君不虚授，知我非轻啜。

仙霞岭

[宋] 朱熹

道出夷山乡思生，霞峰重迭面前迎。
岭头云散丹梯耸，步到天衢眼更明。

江郎山和韵

[宋] 辛弃疾

三峰一一青如削，卓立千寻不可干。
正直相扶无倚傍，撑持天地与人看。

清湖春早

[元] 方回

楼上春阴覆晓云，一河天净碧沄沄。
雨宜不骤风宜细，闲倚阑干看水纹。

度闽关

[元]萨都剌

白云下千峰,尽人怀袖里。
振衣度闽关,洒作山下水。
仰登天无梯,俯视井无底。
古来守关人,豪杰存有几。
寒食百草青,春风吹不起。

过闽关

[明]刘基

关头雾露白蒙蒙,关下斜阳照树红。
过了秋风浑未觉,满山粳稻入闽中。

登闽关

[明]张以宁

独步青云最上梯,八闽如井眼中低。
泉鸣万鼓动哀壑,山饮双虹垂远溪。
家近尚无鸿雁信,客愁复有鹧鸪啼。
书生未老疏狂意,更欲昆仑散马蹄。

庚辰北上雪中过仙霞关再次前韵三首

[清] 曾异

一

雪深数尺度千山,冰折眉须冻雨繁。
岂有劳劳天下去,抵将田宅事相关。

二

寒鸟归巢兽恋山,轮蹄雪迹往来繁。
一时楚汉争先起,为问谁人早入关。

三

仙霞玉立障群山,耐压青青竹雪繁。
可惜南天撑一柱,大家看作利名关。

将至江山县书所见

[清] 施闰章

滩舟南去晚,转赖北风吹。
双塔夹崖口,丹霞照岭时。
溪藤翻翡翠,渔艇唤鸬鹚。
山色初晴好,行将近武夷。